D1869787

Polina Daschkowa

Du wirst mich nie verraten

Von Heike
Uni-Klinik Mainz
Nov. 2005

Polina Daschkowa

Du wirst mich nie verraten

AUS DEM RUSSISCHEN
VON HELMUT ETTINGER

AUFBAU-VERLAG

Titel der Originalausgabe

Исполнитель

ISBN 3-351-03061-4

1. Auflage 2005

© Aufbau-Verlag GmbH, Berlin 2005

© by Polina Daschkowa 2005

Einbandgestaltung gold, Anke Fesel/Kai Dieterich

Druck und Binden Clausen & Bosse, Leck

Printed in Germany

www.aufbau-verlag.de

Moskau 1978

Als er sie zum ersten Mal sah, war er achtzehn. Und sie? Unwichtig. Wie sich später herausstellen sollte, hatte sie kein Alter. Sie lebte in einer Dimension, die nur ihr eigen war. Im Walzerschritt schwebte sie durch die Zeit und die dicken Schneeflocken der Winternacht. Der Walzer aus Tschaikowskis »Nußknacker« war ihr ewiger Begleiter. Und ihr Hund, der ihr auf langen, schlanken Beinen wie ein Schatten folgte.

Bestimmt hätte er sie damals bei ihrer ersten Begegnung kennenlernen können. Es war halb zwölf in der Neujahrsnacht. Kirill Petrow, Student der Hochschule des KGB, verbrachte die Feiertage bei seiner Großmutter in der Gesellschaft seiner alten Tanten Soja und Vera, zu denen sich mehrere Offizierswitwen, Großmutters Freundinnen, gesellten. Außer ihm gab es in dieser Runde nur noch zwei Wesen männlichen Geschlechts:

Onkel Kolja, einen beinamputierten Oberst im Ruhestand, der mit Kirills verstorbenem Großvater zusammen gedient hatte, und Großmutters betagten Schäferhund Dick.

Letzterem, genauer gesagt, den Schweinsknochen, an denen sich der Hund am Abend zuvor überfressen hatte, verdankte Kirill das Glück, seinem Wintermädchen zu begegnen.

Auch sie führte ihren Hund aus. Außer ihnen und den beiden Tieren – ihrer schneeweißen jungen Hündin und seinem altersschwachen braunen Rüden – war in jener fernen, schneeverhangenen Nacht auf dem großen Hof keine lebende Seele.

Als erstes drang die Musik an Kirills Ohr. Der Walzertakt traf ihn wie eine Windböe. Plötzlich schmeckte der Schnee auf seinen Lippen süß und berauschend wie Champagner zum neuen Jahr. Dick wurde unruhig und heulte auf. Der Rausch schien sich auf ihn zu übertragen, und er war kaum noch zu halten.

Zwei Silhouetten schwebten im Schneesturm heran – ein Mädchen und ein Hund. Langes aschblondes Haar und ein Paar lange weiße Ohren flogen im Takt. Zwei Füße und vier Pfoten schienen kaum den Schnee zu berühren. Das Mädchen trug einen kurzen weißen Pelzmantel, der Hund ein silbern blinkendes Halsband. Sie ließ das Tier nicht von der Leine, das sich mit ihr im Dreivierteltakt drehte. Woher die Musik kam, ließ sich nicht ausmachen. In Wirklichkeit war es ganz still. Nur aus dem Nachbarhof hörte man die ersten Knallfrösche, erschallte hier und da ein trunkenes Lachen.

Kirill war von all der Schönheit wie geblendet. Von so einem Mädchen träumte er. Zart wie eine Elfe, mit langem aschblondem Haar tanzte es in dem stillen, verschneiten Hof versunken seinen einsamen Walzer. Er brauchte nur zu ihr zu laufen, sie zu umfassen und sich mit ihr zu drehen. Sicher hätte sie das nicht einmal verwundert. Aber er stand wie angewurzelt und suchte Dick zurückzuhalten, der wie von Sinnen an der Leine riß.

Kirill mußte all seine Kraft aufbieten. Die Hündin der schwebenden Schönen war läufig.

»Bleiben Sie, wo Sie sind!« rief das Mädchen.

Der Rüde bellte nicht, sondern stöhnte nur dumpf vor Leidenschaft. Der Schnee, über den soeben noch sein langbeiniges Glück geschwebt war, schmolz unter seiner heißen Schnauze.

»Keine Angst, wir sind schon weg«, rief Kirill und zerrte seinen Hund fort. »Sagen Sie mir nur, was ist das für eine Rasse?«

»Eine Slughi!«

Davon hatte er noch nie gehört, und auch so einen Hund hatte er noch nie gesehen. Schmal, seidig und weiß, mit langen, weichen Ohren und einem riesigen, buschigen Schwanz, mit dem geschmeidigen Rücken eines russischen Barsoi und langen, schlanken Beinen.

Das Mädchen genauer in Augenschein zu nehmen, wagte er nicht. Aber dieses Gesicht im milden Schein der Laterne prägte sich ihm ein. Ihre Augen waren wie der klare Winterhimmel, den die erste Dämmerung streift. Das war sie. Das Mädchen seiner Träume. Die Schneeflocken blitzten in ihrem langen blonden Haar, als trüge sie einen Brautschleier. Das war seine Braut. Nur ihm sollte sie gehören. Aber er brachte es nicht fertig, sie anzusprechen. Er zerrte den hechelnden Dick in den Nachbarhof, und sie verschwand mit ihrer Slughi in einer Wolke von Schnee. Sein Herz schlug wie rasend, die Kehle war trocken, und auch seinem Hund sträubte sich noch lange das Nackenhaar.

Der junge Kirill Petrow floh vor seinem Traum aus

demselben Grund, der ihn das Neujahr nicht unter seinesgleichen, sondern mit der Großmutter und ihren Freundinnen verbringen ließ. Kurz vor den Feiertagen hatte er sich beide Schneidezähne abgebrochen. Er war beim Turnen vom Barren gestürzt und auf die eiserne Verstrebung geschlagen. Nun schämte er sich furchtbar für sein schartiges Lächeln. Kronen konnten jedoch erst nach dem Fest eingesetzt werden. Das war dumm, besonders für einen Offizier und echten Mann. Aber Kirill konnte nichts dagegen tun. Er litt und haßte sich so dafür, daß ihm selbst bei der Kälte glühend heiß wurde.

»Eine Slughi?« fragte Großmutter gleichmütig zurück. »Die ist aus dem Nachbarhaus. Ein kluger Hund und wunderschön, aber die Leute taugen nichts. Alles Händler und Spekulanten.«

»Und das Mädchen?« fragte Kirill und hielt den Atem an.

»Welches Mädchen?« Großmutter warf ihm über die Brille einen strengen Blick zu.

»So eine Zarte, Schlanke mit langem blonden Haar und blauen Augen. Im weißen Pelzmantel. Sie hat den Hund ausgeführt.«

»Das ist Viktoria, ihre jüngste Tochter. Geht in die neunte Klasse und wird dort Vika gerufen.« Großmutter preßte die Lippen zusammen und putzte heftig an ihren Messern und Gabeln. Vielleicht eine Spur zu heftig. Für sie war das Thema erledigt.

Wladiwostok 1998

Von See pfiff ein durchdringender Wind. Mit einem Ruck zog Kowal den Reißverschluß seiner abgeschabten Lederjacke zu. Er lief nicht im Kaschmirmantel herum wie all die kleinen Fische, die sich so wichtig machten. Einfache, zweckmäßige Klamotten waren ihm lieber. Er haßte Ringe, Manschettenknöpfe oder Schlipsnadeln mit dicken Klunkern, besonders aber nervten ihn schwere Goldketten.

Ein »Chef«, der von den Gangstern einer Region in offener Abstimmung gewählt wurde, durfte sich nicht mit solchem Kleinkram abgeben und mußte seriös wirken. Immerhin war er der eigentliche Gebieter der Gegend.

Kowal klopfte eine Zigarette aus der Packung. Das Feuerzeug klickte. Der Wind war so stark, daß das Flämmchen immer wieder ausging. Er drehte ihm den

Rücken zu und versuchte es mit vorgehaltener Hand. Jetzt klappte es. Gierig sog er den Rauch ein und blies ihn gegen den wolkenverhangenen grauen Himmel.

»Die Toyotas kommen am Freitag, 130 Stück«, hörte er Micho mit Baßstimme sagen. »Wir müssen uns absichern. Die Tschetschenen wollen uns im Hafen auflauern.«

»Sag mir lieber, was sie nicht wollen, die Hundesöhne«, gab Kowal zerstreut zurück.

Micho maß die wuchtige Gestalt seines Chefs mit einem schiefen Blick und hätte beinahe gesagt: »Keine Sorge, es wird schon alles gutgehen.« Aber er biß sich auf die Zunge. Alles war hundertmal beredet. Kowal zog den Kopf zwischen die Schultern und kroch ganz in sich zusammen. So wirkte er nicht gerade eindrucksvoll, der Chef …

Auf dem Platz vor dem nagelneuen Handelszentrum wehte es fürchterlich. In den riesigen Glasfenstern spiegelte sich der graue Herbsthimmel. Die Hafenkräne wirkten von fern wie Spielzeug.

»Gehen wir in die Bar was trinken«, meinte Micho leise.

Kowal reagierte nicht, sondern blieb stocksteif stehen

und kaute auf dem Mundstück der erloschenen Zigarette herum. Die Lederjacke wärmte nicht. Ihn fröstelte, was in der letzten Zeit öfter vorkam. Es wäre sicher wärmer, hätte er eine kugelsichere Weste unter die Jacke gezogen.

Das hätte ihm gerade noch gefehlt! Ein leichtes Grinsen huschte über sein Gesicht, als er sich bei diesem idiotischen Gedanken ertappte. Eine Panzerweste um die Brust, einen Stahlhelm auf den Kopf, und ab in den Bunker, hinter Betonmauern ohne Fenster und Schießscharten. Für immer. Für den ganzen Rest dieses verdammten Lebens …

Er sah sie wieder vor sich, diese fettglänzende, stopplige, grinsende Visage mit den blinkenden Goldzähnen.

»Du bist einfach dumm, Kowal. Ein dummer, gieriger Mensch. Wenn du heute nicht teilst, gießen wir dich morgen in Beton. Niemand wird dir helfen. Wir finden dich überall.« Diese krächzende, heisere Stimme und dieser verhaßte Akzent!

Seit Jahren tobte in Wladiwostok ein regelrechter Krieg. Es ging um viel. Das Meer und der internationale Hafen warfen Profite ab, von denen einem schwindlig werden konnte. Es war alles da – billige japanische

Autos, Zolleinnahmen, Tonnen von Edelfisch, Warenströme, die niemals endeten. Hier konnte man Geld investieren und riesige Gewinne scheffeln, die sicher auf Nummernkonten in Schweizer Banken landeten.

Um all das kämpften die Tschetschenen mit Zähnen und Klauen. Sie hatten inzwischen alle in Angst und Schrecken versetzt oder gekauft – die örtliche Bürokratie, die Geschäftswelt, die Miliz und sogar den FSB. Nur die angestammte Verbrecherwelt verteidigte hartnäckig ihre Pfründe.

Bei deren Chef Kowal waren die Tschetschenen schon mehrmals vorstellig geworden. Anfangs tauchten höfliche Leute auf, die ihm günstige Geschäfte anboten. Irgendwann aber war es mit der Diplomatie zu Ende. Sie teilten Kowal mit, seine Goldgrube sei nicht zu halten. Wenn er nicht teilen wolle, seien seine Tage gezählt. Er schickte sie zum Teufel mit den saftigsten Flüchen, die er kannte. Aber seit sie fort waren, zählte er die Tage, die ihm noch blieben. Und er haßte sich für seine Schwäche, für das ständige Frösteln.

Besonders wild war er geworden, als sie ihm zum letzten Gespräch ein kleines Licht schickten. Offenbar um ihn zu demütigen, hatten die Tschetschenen den fetten

Said in Marsch gesetzt, der, wenn man es genau nahm, nicht einmal würdig war, ihm die Stiefel zu putzen. Er hätte nur den kleinen Finger zu rühren brauchen, und der fetten Visage wäre das Grinsen für immer vergangen. Aber er hatte nicht gezuckt. War das Umsicht oder gar Feigheit gewesen? Er konnte es sich nicht verzeihen.

Der Wind brauste in den Ohren. Micho, der neben ihm stand, kniff die Augen zusammen, rauchte in einem fort und redete von wichtigen Dingen: vom Fisch, von den japanischen Autos und wie es beim Zoll lief. Seine Augen brannten und tränten. Von See wehte salziger Staub heran, der sich mit dem Salz seiner Tränen mischte. Eine Sonnenbrille wäre jetzt gut, dachte Micho. Seine Frau Vika, eine stolze Schöne, die er aus Moskau mitgebracht hatte und abgöttisch liebte, frotzelte in der letzten Zeit öfter: »Du weinst ja, Micho. Hab ich dir weh getan, mein Kleiner?«

Er wußte nie, wann sie ihn hochnahm und wann es ihr ernst war. Dafür liebte er sie noch mehr.

»Was ist denn los mit dir?!« brummte er aufmunternd und schlug Kowal auf den gekrümmten Rücken. »Den Misthunden geben wir's, daß sie sich nicht wiederfinden. Kennst du den?«

Kowal reagierte kaum.

»Sitzen zwei Kerle in der Kneipe, jeder an einem Tisch. Der eine trinkt sein Bier, der andere glotzt nach unten. Er hört nicht auf zu glotzen, und der erste will wissen, was es da zu sehen gibt. Er schaut hin und sieht ein Häuschen im Grünen. Alles dran, nur sehr klein: Garten, Garage, Kinder und ein Hund tollen herum. Er fragt: ›Was hast du da, Kumpel?‹ Und der: ›'n Flaschengeist. War 'n Schnäppchen im Ausverkauf. Erfüllt jeden Wunsch. Brauchst's nur zu sagen.‹ Darauf der erste: ›Eh, Kumpel, läßt du mich auch mal?‹ – ›Klar, warum nicht? Aber Vorsicht, er ist 'n bißchen schwer von Kapee‹«

Auf der Glasscheibe vor ihnen zog das Spiegelbild eines großen schwarzen Jeeps langsam vorbei. Micho hielt einen Moment inne. Ihm war, als hätte er den heute schon einmal gesehen. Vielleicht spielten ihm aber auch seine tränenden Augen einen Streich.

»Also«, fuhr er aufgeräumt fort, »der Kerl überlegt einen Moment und platzt dann raus: ›Zehn Millionen Mäuse!‹ Und schon rollt eine Welle der piepsenden grauen Dinger auf sie zu. Der erste schaut verdattert zu, wie es immer mehr werden, während der zweite wütend brüllt: ›Was für ein blöder Wunsch! Hab ich dir nicht gesagt, er ist schwer von Kapee? Ich wollte auch kein Häuschen, das unter einen Tisch paßt!‹«

Kowals schmale Lippen verzogen sich zu einem schwachen Lächeln. Micho tat es ihm nach, obwohl er den Witz schon so oft erzählt hatte. Wieder schwamm das Spiegelbild des schwarzen Jeeps langsam an ihnen vorbei und verschwand im salzigen Nebel. Ein leises Blubb drang an Michos Ohr wie der ferne Knall eines Sektkorkens. Er wunderte sich, daß Kowal immer breiter lächelte und dabei langsam, wie im Traum, zu Boden sank.

»Was ist mit dir?« konnte er nur noch rufen, bevor er seinen Chef auffing, in dessen Gesicht das Lächeln zur Grimasse erstarrt war.

Kabul 1979

Die schneeweiße Slughi-Hündin lief über den staubigen Platz vor dem Offizierskasino. Woher diese blendende Reinheit, diese klaren Linien und fließenden Bewegungen? Hier war doch alles öde und grau. Nichts vom Zauber des Orients. Allein die malerische Bergkette am Horizont erfreute das Auge. Die Slughi mußte von einem anderen Stern sein. Zuerst glaubte Kirill an eine Fata Morgana. Dann fiel ihm ein, daß es nur noch eine Woche bis Neujahr war. Die Schöne auf den schlanken Beinen mußte dem Tadsh-Bek-Palast entsprungen sein, einem düsteren, dreistöckigen Klotz, der auf ihn wirkte wie ein mittelalterliches Verlies.

Der Palast stand auf einem mächtigen Hügel mitten in der Landschaft. Die Straße zum Tor schlängelte sich in engen Serpentinen den steilen Hang hinauf. Bewacht wurde er von Nationalgardisten, die man vor allem aus

Präsident Amins Clan rekrutiert hatte. Ihre Unterkunft im dritten Stock des Gebäudes bildete die Hauptverteidigungslinie. Von dort beobachteten sie die Gegend Tag und Nacht. Außerdem hatte man um den Palast sieben Wachposten aufgestellt. Das war die zweite Verteidigungslinie. Die Posten wechselten alle zwei Stunden. Die dritte, äußere Linie bestand aus drei Bataillonen motorisierter Infanterie und Panzer vom Typ T-54. Den Befehl über die Wachmannschaften hatte Major Dshindad, Absolvent der Schule der Luftlandetruppen in Rjasan bei Moskau. Fast einer von den eigenen Leuten.

Die Palastwache zählte 2500 Mann. Wie die Hündin hatte entweichen können, blieb ihr Geheimnis. Amin liebte seine Vierbeiner. Die Slughi, eine Rasse aus dem alten Arabien, mochte er besonders.

Die Slughi ähneln den Hunden, die auf den Särgen ägyptischer Pharaonen abgebildet sind. Seit undenklicher Zeit begleiteten sie die Beduinenstämme auf ihren Wanderungen. Die brachten sie auf dem Kamel zur Jagd, damit sie sich im heißen Sand nicht ihre zarten Pfoten verbrannten.

Für den Moslem ist der Hund ein unsauberes Tier, das

man nicht ins Haus läßt. Allein die Slughi hatten über die Jahrhunderte das Recht, mit ihrem Herrn unter einem Dach zu leben. Diese seltenen Hunde konnten sich nur sehr wohlhabende, angesehene Männer leisten. Wie hatte die schneeweiße Schönheit durch die Kette der wachsamen Posten schlüpfen können? Oder war sie doch nur eine Fata Morgana? Bestimmt! Denn an der Seite des Hundes hatte Kirill deutlich das blonde Mädchen gesehen. Mit leichtem, fast tänzelndem Schritt war es am Fenster vorbeigeschwebt und im Staub des Platzes verschwunden. Vielleicht war es möglich, daß eine solche Hündin hier auftauchte. Aber das Mädchen? Ausgeschlossen.

Wie auf Knopfdruck lief vor Kirills geistigem Auge eine phantastische Geschichte ab: Sie ist Krankenschwester in einem sowjetischen Feldlazarett. Er liegt dort verwundet, sie beugt sich über ihn, streicht ihm über den geschorenen Kopf, drückt ihm einen flüchtigen Kuß auf die Stirn und flüstert ihm tröstende Worte zu.

Der Offiziersschüler Kirill mußte immer an sein Wintermädchen denken, auch als er mit der Sondereinsatzgruppe »Zenit« nach Kabul entsandt wurde. Nach jener Neujahrsnacht hatte er Vika nur noch ein einziges

Mal gesehen. Das war im Juni gewesen. Die Pappeln blühten, und ihre Samen schwebten in weißen Flocken zur Erde. So erschien sie ihm wieder in einer weißen Wolke.

Er war zu seiner Großmutter gekommen, um sich zu verabschieden. Vor ihm lag ein Manöver auf dem geheimen Luftlandeplatz von Balaschicha. Vika erblickte er, als er auf den Balkon trat, um zu rauchen. Wieder führte sie ihre Slughi-Hündin aus. Sie trug enge Jeans und ein weites weißes T-Shirt. Das lange Haar hatte sie locker aufgesteckt. Kirill stürzte ins Zimmer zurück, riß eine Schublade auf und griff nach Großvaters Feldstecher.

»Was treibst du da?« fragte Großmutter verwundert.

»Nichts. Nur so. Will mal sehen, ob er noch funktioniert. Darf ich den Feldstecher mitnehmen? Wir bekommen dort auch welche, aber der hier ist besser. Außerdem hat Großvater gesagt, er bringt Glück.«

Derartigen Unsinn plapperte Kirill, während er sein Mädchen durch das Glas betrachtete. Die alte Optik funktionierte. Er konnte jede Pore ihres Gesichts erkennen, des schönsten, das er je gesehen hatte. Wieder hörte er den Neujahrswalzer aus dem »Nußknacker«.

Diesmal wurde er im Radio gespielt. Er wollte in den Hof hinunter, zu ihr laufen und sie ansprechen. Seinen letzten freien Abend würde er mit ihr verbringen, seinem Wintermädchen.

»Wo willst du hin?« rief ihm die Großmutter nach.

Dick erschrak und bellte wütend auf.

»Bin gleich wieder da!« antwortete Kirill.

Er wartete nicht, bis der Fahrstuhl kam, sondern rannte die Treppe hinab, zwei Stufen auf einmal nehmend. Das Herz schlug ihm bis zum Hals. Beinahe wäre er gefallen, denn er hatte immer noch Großvaters ausgetretene Pantoffeln an. Als er aus der Tür stürzte, war von Vika nichts mehr zu sehen.

»Das ist keine gute Familie«, erklärte die Großmutter streng. »Der Vater hat gesessen. Er ist ein Mafiaboß. Vielleicht muß er bald wieder hinter Gitter. Der älteste Sohn ist ein Spekulant, die Mutter …«

»Wovon redest du, Oma?«

»Das weißt du ganz genau, Kirill. Vergiß nicht, wo du jetzt bist und was du werden willst. Hier hast du eine Salami – ich habe sie über die Sonderbestellung zum 9. Mai bekommen. Und ein Paar Socken. Die habe ich aus Dicks Wolle gestrickt. Trage sie nachts, wenn sich eine

Erkältung ankündigt. Auch bei Hitze kann man sich schlimm erkälten, besonders wenn es zieht. Zum Beispiel im Hubschrauber.«

Er ging für lange fort. Ehrlich gesagt, wußte er selber nicht, für wie lange. Vielleicht kam er nicht lebend zurück. Nach dem Manöver sollte Kirill sofort nach Afghanistan. Oberst Bojarinow vom Sonderlehrstuhl der Hochschule des KGB für Diversionstätigkeit hatte ihn der Einheit »Zenit« zugeteilt.

Sie bestand ausschließlich aus Absolventen von Kirills Hochschule und unterstand der Auslandsaufklärung. Kirill war der jüngste der Männer. Eigentlich betrug das Mindestalter zweiundzwanzig Jahre. Aber Oberst Bojarinow hatte auf Kirill bestanden. Der Offiziersschüler Petrow hatte ausgezeichnete Leistungen und war in jeder Hinsicht so, wie man sich einen Aufklärer vorstellte, geradezu ein Musterexemplar. Dazu hatte er sich im wesentlichen selbst gemacht. Aus Eitelkeit, aus einem glühenden jugendlichen Ehrgeiz hatte er sich zu einer Kampfmaschine, zu einem lebendigen Roboter gestählt. Überall wollte er der Beste sein. Mit vierzig würde er die Generalssterne tragen. Nun kam zu diesem Ziel ein zweites hinzu: Er wollte das Wintermädchen heiraten. Dabei schwante ihm, daß beides nicht miteinander zu vereinbaren war. Ein Offizier des KGB nahm nicht die Tochter eines Kriminellen zur Frau.

Die weiße Hündin war natürlich eine Halluzination gewesen. Aus dem Tadsh-Bek-Palast gab es kein Entrinnen. Was hatte sie auch auf dem staubigen Platz vor diesem schäbigen Haus zu suchen, dessen Schild mit der Aufschrift »Sheraton« auf russisch und englisch so lächerlich wirkte? Das Wintermädchen Vika konnte nicht hierhergeraten sein, auch nicht als Krankenschwester. Es lebte in Moskau und ging erst in die zehnte Klasse. Bald war Neujahr. Vielleicht führte sie in dieser Nacht wieder ihren Hund aus und tanzte im einsamen, verschneiten Hof ihren Walzer. Er aber würde nicht da sein. Und dann sprach sie ein anderer an, der mehr Schneid hatte als er.

Im Restaurant saßen Offiziere der Sondereinsatzgruppe. Den afghanischen Freunden hatten sie gesagt, sie wollten über ihre Neujahrsfeier reden und Tische bestellen. Tatsächlich aber beratschlagten sie, wie Präsident Amin aus dem Weg zu räumen sei, weil er außer Kontrolle geraten war und mit den Amerikanern anbandelte. Erst ein Jahr zuvor hatte er seinen Amtsvorgänger und

Mentor Taraki beseitigen lassen und dessen Platz eingenommen.

Der Beschluß, Amin zu liquidieren, war im Kreml gefallen. Afghanistan gehörte zur »Sphäre lebenswichtiger Interessen« der UdSSR. Beide Länder hatten eine gemeinsame Grenze von zweieinhalbtausend Kilometern. Im tadshikischen Teil des Pamirgebirges gab es reiche Uranlagerstätten.

Die ersten beiden Attentate schlugen fehl. Zunächst hatte die Führung des KGB für den Geheimauftrag afghanische Terroristen angeworben. Sie vermochten Amin aber nur leicht zu verwunden. Er verstärkte daraufhin seinen Personenschutz. Als nächstes kam ein Sonderkommando des KGB zum Einsatz. Zwei Schützenpanzerwagen lauerten Amin auf, als er in seinen Palast zurückfuhr. Aber der Diktator ließ seine Wagenkolonne von fünf Panzern begleiten. Die Kräfte waren zu ungleich. Der Anschlag wurde abgeblasen, bevor er begonnen hatte. Nun fiel die Entscheidung, den Tadsh-Bek-Palast zu stürmen. Das sollte in dem Augenblick geschehen, da das begrenzte sowjetische Truppenkontingent, um das Amin selber gebeten hatte, afghanischen Boden betrat.

Der Plan hieß »Sturm 333«. Der Einmarsch der sowjetischen Truppen begann am 25. Dezember 1979. Binnen 48 Stunden wurden 350 Landungen sowjetischer Militärmaschinen gezählt. Militärtransporter brachten Truppen und Technik zum Flugplatz Bagram bei Kabul. Insgesamt waren fast 8000 Mann im Einsatz.

Das »Sheraton« lag nur wenige hundert Meter vom Palast entfernt. Von dort waren ein Teil des steilen Hügels und die längs der Straße eingegrabenen Panzer gut zu überblicken. Die Offiziere sprachen nicht darüber, daß ein offener Sturmangriff aussichtslos war. Das konnte jeder sehen.

»Ich habe einen kleinen Tannenbaum«, verkündete der Restaurantchef in passablem Russisch.

Sein Gesicht glänzte. Seine Haut war für einen Afghanen eine Spur zu hell. An seinem Ringfinger blitzte ein großer Brillant. Sein Mund war voller Goldzähne. Das gab ein widerwärtiges, aufgesetztes und zugleich unterwürfiges Lächeln. Sicher hatte er in Rußland studiert und vielleicht auch seine Frau von dort mitgebracht. Darauf war ein afghanischer Mann besonders stolz.

»Ich hab' auch Musik von Tschukowski.«

»Tschaikowski.« Einer der Offiziere korrigierte ihn.

Der Restaurantchef, der vor Freundlichkeit fast zerfloß, schnippte mit den Fingern. In dem Raum, der trotz der weinroten Wandteppiche von all dem Staub und Zigarettenrauch grau und trübe wirkte, erklang der Walzer aus dem »Nußknacker«.

Kirill schloß die Augen. Er wollte das Bild zurückholen und wenigstens für einen Augenblick sein Wintermädchen Vika sehen. Wie sehnte er sich nach ihr in dieser häßlichen, trüben Gegend. Kein Schnee, keine Festbeleuchtung, nichts als grauer Sand und Stein, Armut und Tod. Der Tod lauerte überall. Er kam als Kind oder Greis daher, erwartete ihn an einem sandigen Abhang oder auf einer staubigen Straße. Hier war die Hölle, obwohl der Sturmangriff noch nicht begonnen hatte und alles ruhig und friedlich wirkte.

Am 27. Dezember gab Amin aus Anlaß des Einmarsches der sowjetischen Truppen in seinem Palast einen Empfang. Seit längerem hatte man versucht, einen Obersten des KGB aserbaidschanischer Herkunft, der perfekt Farsi sprach, in die Umgebung des Diktators einzuschleusen. Im Herbst 1979 war es ihm endlich gelungen, die angesehene Stellung des Palastkochs zu erhalten.

Während des Festbanketts mischte er das Gift in das Essen des Diktators. Darauf folgte ein inszeniertes Schauspiel. Sowjetische Ärzte traten auf, um Amin zu behandeln. Als sie ihm den Magen auspumpten, begann der Sturmangriff.

Ist dir klar, daß du heute töten mußt? Bist du dazu bereit? Kannst du anderen Menschen eine Kugel in den Kopf oder in den Bauch schießen?

Solche Fragen stellte Kirill niemand. Das hätte keiner gewagt. Er stellte sie sich selbst. Doch darauf zu antworten oder auch nur darüber nachzudenken blieb keine Zeit.

Der Palast wurde von der Flak unter Feuer genommen. Aber die Granaten vermochten die dicken Mauern nicht zu durchschlagen. Sie prallten ab und behinderten den Sturmangriff nur. Der Schützenpanzerwagen, in dem Kirill zum Palast fuhr, wurde als einer der ersten getroffen. Den Rest des Weges bis zum »Todesstreifen« am Haupttor mußte er im Kugelhagel von Amins Garde im Laufschritt zurücklegen. Um ihn herum fielen seine Kameraden. Die Erde bebte unter den Füßen. Laufen und schießen, laufen und schießen! Ein Hinterland gab es nicht. Hinter ihm Wüste, vor ihm nur der Tod. Die

Kräfte waren ungleich. Für jeden gefallenen Gardisten erhoben sich drei, vier neue, schickten ihre tödlichen Feuergarben zu Tal und warfen Handgranaten. Die Verteidiger des Palastes waren den Angreifern vierfach überlegen. Nach allen Regeln der Kriegskunst verbot sich unter solchen Umständen ein Sturmangriff von selbst. Aber »Zenit« ging vor, ohne zu überlegen, warum und wofür.

Kirill wußte später nicht mehr, wie er in den Palast gekommen war. Dort wurde um jeden Fußbreit Boden gekämpft. Durch den Kampfeslärm hörte Kirill, wie Oberst Bojarinow ihm ins Ohr schrie: »Die Zentrale! Die Zentrale, verdammt noch mal!«

Kirill begriff, daß er die Funk- und Telefonzentrale in die Luft jagen sollte. Wenn es der Garde gelang, Verstärkung herbeizurufen, dann war es um sie geschehen. Keiner würde diese Hölle lebend verlassen.

Das Gesicht des Obersten war rußgeschwärzt, nur Augen und Zähne blitzten. Kirill öffnete eine Stahltür, indem er das Schloß mit einer Salve durchlöcherte. Dabei legte er zwei Gardisten um.

»Gut so!« bellte der Oberst.

Sie zerrten die Kabel aus den Dosen und hieben mit

den Gewehrkolben auf die Telefonapparate ein. Kirill zückte sein Messer, um einige dicke Leitungen zu zerschneiden, über die er beinahe gestolpert wäre.

»Nicht so!« rief der Oberst. »Mit Handgranaten!«

Sie warfen die Granaten, schlossen rasch die Tür und konnten sich gerade noch zu Boden werfen. Als es krachte, glaubte Kirill, sein Ende sei gekommen. Plötzlich war es totenstill. Um ihn eine riesige weiße Staubwolke und darin Vikas liebes Gesicht. Sie winkte ihm lächelnd zu und verschwand. Kirill glaubte, über ihm werde der Sargdeckel geschlossen. Er wunderte sich noch, warum man ihn so rasch beerdigte – gleich hier auf dem Gang des Palastes. Da bekam er einen heftigen Stoß in die Seite. Er flog zurück, und in diesem Augenblick fiel die schwere, stahlbewehrte Tür der Telefonzentrale, vom Druck der Explosion aus den Angeln gehoben, lautlos zu Boden – genau auf die Stelle, wo er eben noch gelegen hatte.

»Lebst du? Steh auf, du Teufelskerl! Wir haben noch viel vor!« brüllte Bojarinow.

Kirill konnte die Stimme seines Vorgesetzten nicht hören, las ihm aber den Befehl von den Lippen ab. Das hatte man ihnen erst kürzlich beigebracht. Er blickte auf den Mund des Obersten, der voller Blut war. Bei solchen Explosionen bluteten viele aus Nase und Ohren.

»Ich kann nichts hören!« rief Kirill.

Der Oberst trat einen Schritt zurück, und Kirill begriff, daß er aus vollem Halse brüllte.

»Nichts Schlimmes! Eine kleine Verwundung!« antwortete Bojarinow tonlos.

Sie sprangen wieder auf und rannten weiter den Gang entlang. Im Laufen traten sie Türen ein und warfen Handgranaten in jeden Raum. Als die ihnen ausgingen, tat es ein Feuerstoß aus der Maschinenpistole. Unvermittelt standen sie in einem riesigen Saal. Zersprungenes Glas knirschte unter ihren Füßen. Der Oberst konnte Kirill gerade noch daran hindern, auch hier um sich zu feuern. In der Tiefe des Raumes sah man einen langen Tresen.

»Nicht schießen!« kommandierte der Oberst. »Das sind unsere Leute.«

Nun sah Kirill eine Szene wie im Stummfilm. Hinter dem Tresen tauchte eine Glatze auf. Das Gesicht bedeckte eine Mullmaske, die vom Ruß geschwärzt war. Daneben zeigte sich ein weiterer Kopf mit grauem Igelschnitt und ohne Maske. Kirill erkannte Doktor

Kusnetschikow, mit dem er vor einigen Tagen in einer Maschine nach Kabul geflogen war. Der Arzt sagte etwas. Bojarinow hörte schweigend zu und nickte mehrmals. Hinter der Bar trat ein dritter Mann hervor. Er war dunkelhäutig und untersetzt. Das grobe Gesicht zierte ein öliger Schnurrbart. Bekleidet war er nur mit einer weißen Unterhose, auf der das Label von Adidas prangte, und einem hellblauen, zerschlissenen Unterhemd. Überall quoll schwarzes Kraushaar hervor. In den erhobenen Händen hielt er zwei Infusionsflaschen. Die Kanülen steckten noch in seinen Armen.

Jetzt erst begriff Kirill, daß er Amin vor sich hatte. Kusnetschikow und ein zweiter Arzt traten zu dem leicht bekleideten Diktator und zogen ihm vorsichtig die Kanülen aus den Venen, die mit Leukoplast befestigt waren. Eine Minute später erschien ein Mann der Palastgarde in pompöser, aber jetzt völlig verdreckter Uniform und sagte etwas zu Amin. Dessen Gesicht verzerrte sich, er griff voller Wut nach einem schweren gußeisernen Aschenbecher und warf ihn nach dem Mann. Der konnte gerade noch ausweichen.

Da begann die Schießerei. Kirill konnte es nicht hören, spürte aber, wie die Luft vibrierte. Hinter dem Tresen sprangen zwei Türen auf, durch die weitere Gardisten in den Saal stürzten.

Bojarinow öffnete den Mund und wollte etwas rufen, ging aber zu Boden und riß Kirill dabei mit. Den Oberst hatte eine Salve getroffen. Er wollte sich im Fallen an dem Offiziersschüler festhalten und rettete ihm so das Leben. Die nächste Kugel, die Kirill galt, traf ihn nicht in Brust oder Kopf, sondern nur in die Schulter.

Als er erwachte, lag er in einem Sanitätsflugzeug. Um ihn herum immer noch Totenstille. Von den Lippen eines Kameraden las er ab, daß Bojarinow gefallen war. Der Sturm des Palastes hatte ganze fünfundvierzig Minuten gedauert. Auch Amin kam bei der Schießerei ums Leben. Die Operation war erfolgreich verlaufen. Zwar hatte es schwere Verluste gegeben, aber die Überlebenden erwarteten Orden und Beförderungen.

Erst im Krankenhaus kehrte Kirills Gehör allmählich zurück. Ganz leise drangen die Kremlglocken, das Knallen der Korken und das Lachen der Kameraden an sein Ohr. Die diensthabende Schwester brachte ihm ein Glas Champagner ans Bett.

»Möchtest du? Nimm einen Schluck! Alles Gute im neuen Jahr!«

Mit dem Sektkelch in der Hand sah er sein Wintermädchen vor sich stehen. Der weiße Kittel umhüllte die schlanke Taille. Unter der Haube war eine lange blonde Strähne hervorgerutscht.

»Vika«, flüsterte er.

Sein Gehör war wieder in Ordnung. Er vernahm sogar, wie der Schaum im Glas zischte. Aber mit dem Sehen haperte es wohl noch.

»Ich heiße Tamara«, antwortete die Schwester pikiert.

Wladiwostok 1998

Arthur Spohn hielt sich nicht nur für einen intelligenten Menschen, sondern auch für einen hervorragenden Psychologen und geborenen Diplomaten. Unter anderen Umständen hätte er Botschafter in einem zivilisierten europäischen Land, Minister oder geheimer Berater des Präsidenten werden können. Auf jeden Fall aber hätte er in Oxford für fette Honorare kluge Vorlesungen gehalten. Doch Arthurs Eltern waren arm, ungebildet und dem Alkohol verfallen. Genauer gesagt, war ihm nur die Mutter geblieben. Sie putzte in einer Hafenkneipe, war ewig schmuddelig und in sich gekehrt, hatte eine rote Nase und trübe, traurige Augen.

Schon als Kind hatte Arthur für sich eine ganz andere Familie erfunden. Mit leicht bebender Stimme erzählte er allen, die es hören wollten, seine Mutter sei eine Filmschauspielerin von überirdischer Schönheit und sein

Vater ein Testflieger von außergewöhnlichem Mut gewesen. Beide waren in der Blüte der Jahre bei einem tragischen Unfall ums Leben gekommen, als er, Arthur, noch in den Windeln lag. Die arme Putzfrau Klawdia hatte ihn adoptiert.

Ihm war nicht wichtig, ob die anderen ihm seine Geschichte abnahmen oder nicht. Er selbst glaubte an eine andere Bestimmung, an eine edle Herkunft, an einen alten Brillantring, der in den Spitzen der Kissen des rätselhaften Findelkindes versteckt war.

Um aber in der harten Welt des Wladiwostoker Hafens unter Transportarbeitern, Prostituierten, Verbrechern und Taschendieben überleben zu können, war eine schöne Legende nicht genug. Hier brauchte es grobe Körperkraft oder einen raschen Verstand. Arthur war ein zarter, schwächlicher Junge, dazu feige, und konnte nicht für sich einstehen. An Köpfchen dagegen war er vielen überlegen. Zwar hatte er die Mittelschule ohne ein richtiges Zeugnis verlassen, aber im wahren Leben galten andere Rechenarten. Der Hafen stellte die Aufgaben und gab die Diktate vor. Prüfungen hatte Arthur täglich zu bestehen, seit er sieben Jahre alt war.

Das organisierte Verbrechen gab es in der Region

schon in den siebziger Jahren. Die Seeleute brachten von ihren Reisen alles, was man sich nur denken konnte – vom Kaugummi bis zu japanischen Gebrauchtwagen –, nach Wladiwostok und verkauften es auf dem Markt. Kleine, schlagkräftige Banden entstanden, die den Händlern illegal eingeführte Waren und unrechtmäßig verdientes Geld abnahmen. Die Matrosen und Spekulanten, die von ihnen ausgeraubt wurden, gingen nicht zur Miliz. Die Banden hatten sogar ihren eigenen Namen: Sie hießen überall nur die »Dritte Schicht«.

Nach und nach kam ihr spontanes Tun in geregelte Bahnen. Seeleute und Händler mußten ihnen ordentlich Schutzgeld zahlen.

Der schmächtige Sohn der Putzfrau hatte es schwer. In eine Bande wurde Arthur nicht genommen. Was sollte die mit einem solchen Schwächling anfangen? Auch mit dem Handel wurde es nichts. Arthur konnte nicht feilschen und wollte es auch nicht. Aber von etwas mußte er leben. So fand er nach und nach, im stillen und auf seine Weise, einen Platz an der vom Salzwind umhüllten Sonne.

Der schmale Kerl drückte sich unauffällig im Hafen und auf Märkten herum, hörte die intimsten Gespräche mit, war Zeuge wilder Abrechnungen, geheimer Verschwörungen, heimtückischer Intrigen und blutigen Verrats. Im Hafen tobten Leidenschaften, die eines Shakespeare würdig gewesen wären, und der kleine Arthur wußte genau, wer in diesem Drama welche Rolle spielte.

Für ihn gab es keine undurchschaubaren, rätselhaften Menschen oder Situationen. Er wußte alles über jeden, konnte mit einem Blick abschätzen, wer wieviel wert war, wer die Gesetze der Verbrecherwelt verletzt hatte, wer weshalb einsaß, wer einsitzen oder mit einer blauen Bohne zwischen den Rippen bald sein Leben aushauchen würde.

Arthurs einzigartiges Talent bestand nicht darin, daß er diese endlosen, wirren, ja geradezu lebensgefährlichen Informationen über die Verbrecherwelt des Hafens von Wladiwostok zu sammeln und zu werten verstand, sondern daß er es fertigbrachte, diesen unerhörten Reichtum fest in seinem weißblonden Köpfchen mit den riesigen Ohren zu behalten und nicht in kleiner Münze zu verplempern.

Sein Kapital mußte groß sein, wenn es hohe Zinsen bringen sollte. Der Versuchungen gab es viele, aber

Arthur blieb fest. Wie Shakespeares Shylock ließ er sein Kapital wachsen und wartete ab, bis seine Stunde kam.

Ende der achtziger Jahre stand die Verbrecherwelt des Fernen Ostens – wie die ganz Rußlands – kopf. Bis zu dieser wirren Zeit, die kaum noch zu begreifen war, hatten sich in Wladiwostok etwa zehn stabile, gut organisierte Banden gebildet. Für die Schutzgelderpresser taten sich ganz neue, verlockende Perspektiven auf. Die ersten Privatfirmen, die ersten Spielhöllen und Bordelle entstanden. Die Dinge entwickelten sich in einem Tempo, daß einem schwindlig werden konnte.

Arthur schaute sich um, analysierte die Lage und fand endlich eine aussichtsreiche Nische. Jede Ware, die heute teuer ist, kann morgen im Preis fallen, verderben oder aus der Mode kommen. Aber es gibt eine, die nie an Wert verliert und sich stabiler Nachfrage erfreut: den Tod.

Nein, Arthur wollte niemanden mit eigenen Händen umbringen. Aber mit seinen einzigartigen Kenntnissen und seiner stets wachen Beobachtungsgabe konnte er voraussagen, wer wen in der nächsten Zeit beseitigen würde, wer das Geschäft erledigen konnte und für wieviel. Das riskante Gewerbe des Vermittlers zwischen Auftraggeber und Auftragskiller war Arthur Spohn wie auf den Leib geschrieben. Er arbeitete mit hundertprozentiger Sicherheit. In der ganzen Region gab es für ihn keine Konkurrenz, und wenn doch, dann scheiterte sie bald auch ohne sein Zutun, denn sein Wissen und sein Gespür hatte keiner.

Ein idealer Vermittler zu sein erfordert in der Tat akademische Gaben. Es scheint nur so, als sei es nicht schwer, einen Mord so perfekt zu organisieren, daß er nicht nachzuweisen ist. Der Stand der Berufskiller war bald nach seiner Entstehung von einem so dichten Gewirr aus Mythen, Gerüchten und Erfindungen umgeben, daß es praktisch unmöglich war zu erkennen, welchen Gesetzen und Spielregeln er folgte. Und eigentlich waren auch sie nur eine Legende.

So heißt es zum Beispiel, der Fangschuß in den Kopf und die am Tatort zurückgelassene Waffe seien untrügliche Zeichen für einen Auftragsmord. In Wirklichkeit aber ist der Fangschuß für den einen Killer so etwas wie ein eleganter Namenszug, ein anderer dagegen trifft einfach beim ersten Mal nicht genau und muß auf diese Weise nachhelfen.

Was die Waffe betrifft, so benutzen echte Profis in der Regel Sonderanfertigungen. Die aber sind rar und ihre

Hersteller den zuständigen Organen bestens bekannt. Wer also wird ein so seltenes Exemplar am Tatort zurücklassen? Ist es da nicht klüger, das Beweisstück sofort zu vernichten, damit es nie wieder auftaucht?

Man spricht von geheimen Schulen oder Ausbildungslagern, wohin frühere Afghanistankämpfer, Veteranen des Tschetschenienkrieges, ausgemusterte Offiziere von Miliz und FSB, von Sondereinsatzgruppen und Sportmannschaften gelockt werden. Die gibt es in der Tat, aber sie bestehen meist nicht lange. Noch rascher sterben jene, die sie ins Leben gerufen haben. Jede, auch die geheimste Organisation ist viel leichter aufzuspüren als ein Einzeltäter. Daher ist es für einen Auftraggeber eher gefährlich und wenig nützlich, einen Killer aus solcher Schule anzuheuern. Ein guter Ballistiker kann nach der Schußbahn feststellen, wo der Schütze sein Handwerk gelernt hat. Von dort ist es nicht weit zu seinen Lehrern, die meist auch die Vermittler sind.

Wenn einer dieser glücklosen Alleskönner Arthur Spohn um Rat gefragt hätte, hätte der ihm wohl mit dem alten Sprichwort geantwortet: Schuster, bleib bei deinem Leisten. Die Vermittlung war ein besonderes Geschäft, das mit nichts anderem vermischt werden sollte.

Als der »Chef« der Fernostregion, Kowal, ermordet wurde, durchfuhr es Arthur kalt. Ein Großauftrag war an ihm vorbeigegangen. Natürlich wußte er, wer das getan hatte und warum, aber das machte die Sache nicht besser. Die Tschetschenen, seriöse und aussichtsreiche Auftraggeber, hatten ihn noch nie um Hilfe gebeten und erledigten alles selbst. Das versetzte ihn in düstere Stimmung. Arthur aber war kein Grübler. Er handelte lieber.

Bald wußte er, daß man auch dem neuen »Chef« Micho Angebote machte wie zuvor Kowal. Er war sicher, Micho ließ sich auf keine Kompromisse mit den Tschetschenen ein, was bedeutete, daß ihn das gleiche Schicksal erwartete wie seinen Vorgänger. Es durfte Arthur nicht noch einmal passieren, daß dieser Auftrag ohne ihn erledigt wurde. Dabei ging es gar nicht in erster Linie ums Geld. Es ging um die Zukunft.

Arthur wußte, daß der neue »Chef« kranke Augen hatte. Er vermutete, Micho werde bald in Moskau auftauchen, um sein kostbares Augenlicht in der Klinik des weltberühmten Professors wiederherstellen zu lassen. Das wäre die Gelegenheit für ihn. Und er fand Wege, die Tschetschenen zu überzeugen, daß es klüger war, Micho in Moskau zu beseitigen. So konnte man verhindern, daß sich hier in Wladiwostok eine zweite Welle der Empörung erhob, wo doch die erste nach Kowals Tod noch nicht abgeebbt war. Außerdem erledigte man so delikate Sachen besser auf fremdem Territorium.

Die Tschetschenen überlegten, berieten sich und stimmten Arthur zu.

Kabul 1983

Der Afghanenjunge sprang so unerwartet aus seinem Versteck wie der Teufel aus der Kiste. Ein kleiner brauner Teufel von kaum vierzehn Jahren. Riesige schwarze Augen, rund wie Pflaumen. Ein schäbiger, viel zu großer Kittel. Aus den weiten Ärmeln ragten schmutzige Ärmchen wie dürre Äste. Aber sie hielten einen Granatwerfer.

Der Panzerwagen konnte in der engen Gasse zwischen den Lehmhütten nicht ausweichen. Er konnte auch nicht in voller Fahrt zurückstoßen. Der Junge hielt die Waffe wie ein Alter. Er bleckte die weißen Zähne, als er über die vier russischen Soldaten lachte, die er im nächsten Augenblick ins Jenseits befördern wollte. Kirill konnte gerade noch denken, daß dieses halbe Kind sicher ausgezeichnet schoß.

Danach wurde er das Bild ewig nicht los, wie die

schmächtige Gestalt in dem schäbigen Kittel zu Boden sank. Das war Sache eines Augenblicks gewesen, aber im Traum wollte die Szene kein Ende nehmen. In seinen Ohren ratterte die Maschinengewehrsalve. Der Junge ließ die schwere Waffe fallen und rutschte quälend langsam in sich zusammen. Die Luft flimmerte von der Hitze, die grausame afghanische Sonne stand auf seinem Gesicht, blitzte aus den großen, schon brechenden Augen.

Kirill war mit seiner Salve um den Bruchteil einer Sekunde schneller gewesen. In dem Panzerwagen saßen außer ihm noch drei. Die Panzerfaust hätte sie alle in Stücke gerissen.

Kirill hatte längst aufgehört zu zählen, wie viele Menschen von seiner Hand gefallen waren. Er schoß, um nicht erschossen zu werden. Seine Welt war klar und verständlich in Freund und Feind geteilt. Wofür und mit welchem Recht er das alles tat – diese Frage stellte er sich schon lange nicht mehr. Er hatte sie sich ein für allemal mit dem pathetischen Satz aus einem beliebten sowjetischen Film beantwortet: »Das Vaterland zu schützen ist eine Arbeit wie jede andere.« Das genügte ihm – sicher zu sein, daß Töten zu dieser Arbeit, zu diesem Beruf gehörte. Pathetische Sätze waren dazu da, daß man sich nicht weiter den Kopf zerbrach.

Aber jetzt hatte er zum ersten Mal ein Kind erschossen.

Natürlich war das kein Kind, sondern ein Bandit. Noch dazu ein mit einem Granatwerfer bewaffneter. In den Augen jedes Militärs hatte er richtig gehandelt. Schließlich rettete der Schuß nicht nur ihm selbst das Leben, sondern auch seinen Kameraden.

Abends stellte er zu seiner Verwunderung fest, daß er nicht einschlafen konnte. Bisher war der Schlaf augenblicklich gekommen, sobald er sich niederlegte und die Augen schloß. Er konnte im Sitzen schlafen, wenn Motoren heulten oder Menschen sich unterhielten. Aber jetzt – bei völliger Stille, in einem bequemen, sauberen Bett in der Offizierskaserne, mit genügend Wodka im Bauch – lag er da und starrte an die Decke.

Dort tanzten wundersame Schatten. Draußen schaukelte eine Laterne im Wind. Wie auf einer riesigen Leinwand trat Vikas Gesicht hervor. Er sah sie so wie vor fünf Monaten, als er ihr um Weihnachten herum in Moskau begegnet war.

Seine Großmutter, Witwe eines sowjetischen Offiziers und überzeugte Kommunistin, der alles Religiöse tief zuwider war, begann plötzlich in die Kirche zu gehen, heimlich zu beten und Kerzen vor einer Ikone anzuzünden. Das hatte angefangen, als Kirill beim Sturm auf den Tadsch-Bek-Palast zum ersten Mal verwundet wurde. Auf dem Nachtschränkchen neben Großmutters Bett tauchte ein kleines Bildnis der Muttergottes auf. Um den Hals trug Großmutter neuerdings ein silbernes Kettchen.

»Was hast du da? Etwa ein Kreuz?« fragte Kirill mit einem ungläubigen Grinsen.

»Ja«, antwortete die Großmutter und wurde rot dabei. »Ein hoher Festtag steht bevor: Weihnachten. Kirill, ich möchte, daß du mit mir zur Kirche gehst.«

»Bist du verrückt geworden, Oma?«

»Nein. Noch nicht. Viele Mütter, Großmütter, Schwestern und Frauen von solchen wie du gehen jetzt in die Kirche und beten dort, so gut sie können.«

»Wozu?«

Die Großmutter schickte einen langen Blick an ihm vorbei zu der Ikone hin. Zum ersten Mal fiel Kirill auf, wie sehr sie gealtert war. Seit sie ihr Haar nicht mehr kastanienbraun färbte, war sie schlohweiß geworden.

Unter den Augen tiefe Ringe, das Gesicht grau und zerfurcht wie trockene, gesprungene Erde.

»Ich habe schreckliche Angst um dich, Kirill«, murmelte sie so leise, daß er es kaum hören konnte. Aber er las es von ihren Lippen ab.

»Kannst du dir vorstellen, was aus mir wird, wenn sie bei mir anklopfen?« fragte er und erkannte seine Stimme nicht wieder, so kreischend böse war sie plötzlich geworden, als kratze man mit Eisen über Glas.

»Hab keine Angst. Solche Sachen nehmen die jetzt nicht mehr so genau. Wenn du nur weiter für sie in den Krieg ziehst.«

»Wer sind ›die‹? Hast du vergessen, wer Großvater war? Oder mein Vater, dein Sohn?«

»Dein Großvater war bei der Tscheka. Er hat Priester erschossen. Dein Vater fing an zu trinken, nachdem er 1968 mit seinem Panzer als einer der ersten in Prag eingefahren war. Wenn er betrunken war, hat er deine Mutter geschlagen. Du warst schon auf der Kadettenschule und bist nur noch zu Feiertagen oder in den Ferien nach Hause gekommen. Dann haben sie sich beide zurückgehalten. Später haben Großvater und ich dich zu uns genommen. Du warst monatelang nicht zu Hause und hast deine Eltern kaum noch gesehen. Anfangs hattest du Sehnsucht, aber später hast du dich eingewöhnt und keine Fragen mehr gestellt. Und als passierte, was passieren mußte, war es für dich nicht mehr so schlimm.«

Es war also passiert, was passieren mußte. Mehr sagte Großmutter nicht. Als Frau eines Tschekisten war sie es gewohnt, die Dinge nicht beim Namen zu nennen. Die ewige Furcht, sich durch Worte zu verraten, war ihr in Fleisch und Blut übergegangen.

Kirills Eltern hatte man in der Staatsdatsche, die sie bewohnten, tot aufgefunden. Beide mit der Pistole des Vaters erschossen. Ein Mord und ein Selbstmord. Wer es getan hatte – der Vater, der nur noch trank, oder die Mutter, die die Übergriffe des Betrunkenen nicht mehr hatte ertragen können –, blieb ihr Geheimnis. Kirill war damals ganze vierzehn Jahre alt. Nach der offiziellen Version war es ein Unglücksfall gewesen. Oberst Petrow, Held der Sowjetunion und Träger zahlreicher Orden, hatte eine elektrische Leitung reparieren wollen, und seine Frau hatte ihm dabei geholfen. Beide waren einem Stromschlag erlegen.

Die Wahrheit erfuhr Kirill, als er siebzehn war. Sein Großvater hatte einen Herzinfarkt erlitten und rang im

Kreml-Krankenhaus mit dem Tode. Dort lag er, aschfahl und vertrocknet, an zahlreichen Schläuchen hängend. Seit einer Woche brachte er kaum noch ein Wort heraus, stöhnte nur und rollte mit den Augen. Kirill brachte ihm von Großmutter etwas zu essen.

Der Großvater sah ihn an und bedeutete ihm, sich zu ihm herabzubeugen. Mit kaum hörbarer Stimme und ohne jede Emotion berichtete er seinem Enkel von dem Familiendrama.

»Du mußt die Wahrheit wissen, mein Junge. Besser, du hörst sie von mir als von Fremden. Versprich mir, daß du niemals trinken wirst.«

»Ich trinke nicht, das weißt du doch«, murmelte Kirill.

Er hielt Großvaters Hand. Die schimmerte bläulich, die Nägel waren fast schwarz. Seine Finger waren so dürr geworden, daß der Ehering herabglitt und Kirill in die Hand fiel.

»Sorge für Großmutter«, flüsterte er, »trink nicht, schieß nicht auf Frauen und Kinder. Niemals. Nicht auf friedliche Menschen …«

Großvater schwand das Bewußtsein. Kirill meinte einen kalten Hauch zu verspüren. Er rief die Schwester. Ärzte liefen herbei. Man schickte ihn hinaus. Lange stand er auf dem Korridor, ging in die Hocke und lehnte sich mit dem Rücken an einen Heizkörper. Aber ihm wurde einfach nicht warm. Eine Stunde später kam der Arzt heraus und teilte ihm mit, sein Großvater sei soeben verstorben.

Großmutter sprach mit Kirill nicht über die Sache. Seine Eltern waren kein Thema, als hätten sie nie existiert. Jetzt aber gab sie sich einen Ruck. Ohne den Blick von der Ikone zu wenden, trat sie an ihr Nachtschränkchen, hockte sich nieder, zog die Schublade auf, nahm ein Holzkästchen heraus und hielt es ihm hin.

»Mach es auf.«

In dem Kästchen lagen ein winziges, mit Spitze besetztes Kinderhemdchen, ein kleines goldenes Kreuz und ein papiernes Heiligenbild.

»Das gehört dir. Ich habe dich taufen lassen, als du drei Monate alt warst. Niemand hat je davon erfahren.«

»Was machst du nur für Sachen, Großmutter!« Kirill wiegte den Kopf und pfiff leise vor sich hin. »So lange geht das also schon? Gehst du etwa auch zur Beichte?«

Sie nickte schweigend und schuldbewußt.

»Weißt du nicht, daß alle Popen inoffizielle Mitarbeiter der Sicherheit sind? Sie melden alles weiter. Und denen beichtest du? Einige haben sogar einen Dienstgrad!«

»Das weiß ich, Kirill. Aber es sind nicht alle so.«

»Zum Teufel noch mal, in einigen Monaten endet meine Kandidatenzeit. Ich soll in die Partei aufgenommen werden ...« Er ließ ein nervöses Lachen hören. »Na, weißt du, Oma, langweilig wird es mit dir nicht.«

Aber zur Weihnachtsmesse begleitete er sie dann doch. In der Kirche schaute er sich unruhig und zugleich neugierig nach allen Seiten um. Hier waren Leute, die man an einem Werktag auch in den umliegenden Geschäften treffen konnte, wenn der Normalbürger zur Arbeit ging. Viele alte Frauen, einige betagte Männer, Mütter mit Säuglingen. Aber kein einziger Mann seines Alters oder zwanzig, dreißig Jahre älter, wenn man die beiden Meßdiener nicht rechnete, die dem Priester zur Hand gingen. Der war alt, hatte einen dünnen grauen Bart, ein schmales Gesicht und einen dicken Bauch. Auch die Jungen hatten sich schon Bäuchlein zugelegt wie schwangere Frauen.

Das ist der reine Wahnsinn, ging es ihm durch den Kopf. Und deswegen riskiere ich hier meine Karriere?

Nun kam ein besonders wichtiger Teil des Gottesdienstes. Die meisten Besucher fielen auf die Knie, auch seine Großmutter. Um nicht zu sehr aufzufallen, trat Kirill zur Seite, näher zur Wand, die über und über mit Ikonen behängt war. Da durchfuhr es ihn heiß, als hätte ein Blitz ihn getroffen. Neben ihm stand ein Mädchen in kurzem weißem Pelzmantel, aus dem ein langer blauer Rock fast bis auf den Boden fiel. Den Kopf hatte sie, wie es sich gehörte, mit einem hellblauen Schal bedeckt. Der verdeckte ihr Profil bis auf die Nasenspitze. Aber er erkannte sie sofort.

In der Hand hielt sie eine dicke rote Kerze. Die Flamme schwankte. Sie ließ Wachs auf einen Halter tropfen und wollte die Kerze aufstellen, aber die neigte sich immer wieder zur Seite.

»Vika?«

Sie zuckte zusammen, warf ihm einen raschen Blick zu und ging mit ihrer Kerze zu einer anderen Ikone. Kirill folgte ihr mit so rascher Bewegung, daß er beinahe eine kniende ältere Frau umgerannt hätte.

»Schämen Sie sich, junger Mann! Sie sind hier in einer Kirche!« zischte die Frau.

Er entschuldigte sich und trat wieder an Vika heran. Ihre Kerze stand nun endlich fest. Sie bekreuzigte sich, hob sich auf die Zehenspitzen und berührte mit den Lippen den Rahmen der Ikone.

»Vika!«

»Lassen Sie mich bitte in Ruhe«, sagte sie.

Zum ersten Mal war er ihr so nahe. Ihre Augen warfen den Schein der Kerzen zurück. Ihr Gesicht wirkte blaß und durchsichtig, nur die Lippen hatten ihr Rot bewahrt. Es zog ihn zu ihr hin, beinahe hätte er sie vor aller Augen auf den Mund geküßt. In Afghanistan hatte er kaum Frauen zu Gesicht bekommen. Die Triebe hatten sich angestaut wie bei einem Tier. Und nun stand er direkt vor dem Mädchen, das er so liebte, seinem Wintermädchen. Und es duftete nach frisch gefallenem Schnee.

»Vika, ich bin Kirill, ich … Sie haben einen Hund, einen weißen Slughi … Wir wohnen in einem Hof.«

Sein Mund war so trocken, daß die Zunge ihm am Gaumen zu kleben schien.

»Ich kenne Sie nicht«, erwiderte sie und schob sich zwischen die alten Frauen, die sich um das Allerheiligste drängten.

Er versuchte ihr zu folgen, schob Leute beiseite und entschuldigte sich immer wieder. Als er sie schon fast verloren zu haben glaubte, entdeckte er unter den bunten Kopftüchern ihren hellblauen Schal. Aber da packte ihn Großmutter am Arm.

»Laß sie in Ruhe«, flüsterte sie ihm ins Ohr. »Ihren Bruder haben sie abgestochen, und ihr Vater sitzt wieder.«

Bis der Gottesdienst zu Ende war, wich Großmutter nicht mehr von seiner Seite. Vika sah er nicht wieder. Wahrscheinlich hatte sie die Kirche durch eine Seitentür verlassen.

Und nun schwebte ihr Bild in der Offizierskaserne über ihm. Seine Bettnachbarn, ein Oberleutnant und ein Hauptmann, schnarchten friedlich. Vika ließ sich auf seinem Bettrand nieder. Ihr Kopf war immer noch in den hellblauen Schal gehüllt, sie trug den weißen Pelzmantel und den langen blauen Rock. Er sah sie so deutlich, daß er unwillkürlich fragte:

»Ist dir nicht warm?«

Er streckte die Hand aus, um ihr den Mantel abzunehmen. Aber seine Hand griff ins Leere.

»Du hast ein Kind getötet«, sagte sie leise und schüttelte traurig den Kopf.

»Ich habe einen Banditen erschossen, einen Feind. Er zielte mit einem Granatwerfer auf uns.«

Sie seufzte auf und verschwand zwischen den tanzenden Schatten.

Kirill wollte ihr sagen, es sei nicht seine Schuld, das sei der Krieg mit seinen Gesetzen, und niemand dürfe ihn verurteilen, auch nicht sie, sein Wintermädchen. Wer war sie überhaupt? Die Tochter und Schwester von Verbrechern. Ihr Bruder war erstochen, ihr Vater saß im Gefängnis.

Genug! flüsterte er in das heiße Kissen. Ich muß sie vergessen! Ich darf nicht mehr an sie denken!

Es folgte ein lästerlicher Fluch, als ob er den Teufel anrufe. Aber davon wurde alles nur noch schlimmer. Erst als die Sonne über die nahe Bergkette lugte, schlief Kirill ein.

Abends setzte er sich hin und schrieb ihr einen Brief. Ihre Adresse kannte er: Sie war die seiner Großmutter, nur mit einer anderen Wohnungsnummer.

Vika! Ich liebe Dich. Wenn ich zurückkomme, werde ich Dich finden, und Du wirst nie mehr vor mir weglaufen. Auch hier bist Du bei mir, obwohl das eigentlich unmöglich ist. Hier ist nichts als Schmutz, Blut und Tod. Ich weiß nicht, warum ich noch am Leben bin – weil Großmutter für mich betet oder weil ich Dich liebe. Im Träumen oder Wachen – stets bist Du bei mir. Warte auf mich, ich bitte Dich.

Einige Minuten saß er in tiefes Nachdenken versunken. Nach einer Zigarettenlänge nahm er das Blatt und zerriß es in winzige Fetzen.

Moskau 1984

Als Vika ihren Hund ausführte, sah sie den Briefträger, der aus ihrer Haustür kam, und ihr Herz schlug schneller. Sie wußte nicht, von wem sie Post erwartete. Aber sie wollte unbedingt einmal ihren Namen auf einem Umschlag sehen und etwas Schönes, etwas Liebes lesen. In der letzten Zeit rief kaum noch jemand an. Selbst zu Neujahr hatte sie nicht eine einzige Glückwunschkarte erhalten.

Sie war so aufgeregt, daß sie den Schlüssel fallen ließ. Lange bekam sie das Schloß des Briefkastens nicht auf. Als es dann soweit war, fielen ihr wieder nur Zeitungen entgegen.

Ob das irgendwann einmal aufhört? dachte Vika bei sich und streichelte den seidigen weißen Kopf ihrer Hündin Greta. Warum das alles? Wofür?

Ihr Leben hatte eine so jähe Wendung genommen, daß

sie noch nicht recht wußte, ob sie schlief oder ob dieser schreckliche Alptraum Realität war.

Vika war in einem besonderen Milieu aufgewachsen – irgendwo zwischen Beamten- und Verbrecherwelt. Sie hatte eine Eliteschule besucht, wo sie mit den Kindern von Parteifunktionären, Volkskünstlern, Zahnärzten und Kaufhausdirektoren zusammen lernte. Nicht ein einziges Stück ihrer umfangreichen Garderobe war in einem sowjetischen Geschäft gekauft. Selbst die Schulkleidung – braunes Kleid und schwarze Schürze – hatte eine Schneiderin genäht, die für die Schauspielerinnen der berühmtesten Moskauer Theater arbeitete.

Ihre Mutter war Mannequin gewesen und hatte nur eine Zehnklassenschule besucht. Ihr Vater war ein berühmter Mafia-Boß und in der Verbrecherwelt als der »Artist« bekannt.

Er stammte aus der alten Zirkusfamilie Gubanow, die für ihre Luftakrobatik berühmt war. Als er 1954 zum ersten Mal mit dem Gefängnis Bekanntschaft machte, war er kaum achtzehn Jahre alt.

Es begann damit, daß die Tochter eines stellvertretenden Ministers für Leichtindustrie ein Auge auf den Jungen mit dem biegsamen Körper geworfen hatte. Die unverheiratete Dame von vierzig Jahren saß im Ministerium ihres Vaters ebenfalls auf einem hohen Posten. Sie chauffierte ihren weißen Pobeda selbst durch Moskau und speiste nur in den teuersten Restaurants. Zobel und Nerz, Seidenunterwäsche, französisches Parfüm, Smaragde und Brillanten verliehen der fülligen Funktionärin einen gewissen Charme, machten sie aber nicht jünger und schöner.

Der junge Artist hatte nichts dagegen, daß man ihn mit Kaviar bewirtete und ihm teure Geschenke machte. Dafür aber forderte die Dame sklavische Ergebenheit. Der Junge sollte ausschließlich ihr Bettgefährte sein – eine Mischung von Schoßhündchen und Deckhengst.

Nach einer stürmischen Nacht lief der bezahlte Liebhaber, all der Launen und Zärtlichkeiten müde, seiner Dame davon. Da er das bei den Schlössern und Wächtern in dem offiziellen Haus nicht unbemerkt tun konnte, nutzte er die Gaben seines Berufes. Die Flucht geriet zu einer glänzenden artistischen Übung. Über Erker und Balkons gelangte er bis zum Fallrohr der Dachrinne, an dem er hinabglitt. Vielleicht hätte die verliebte Dame ihm ja verziehen, wenn er zum Andenken nicht einige Kostbarkeiten aus ihrer Schatulle hätte mitgehen lassen.

Die fünf Jahre, die man ihm für schweren Raub aufbrummte, machten aus ihm einen perfekten Verbrecher.

Auf sein Konto gingen fortan die waghalsigsten Einbrüche in die reichsten Wohnungen Moskaus. Ihn interessierten ausschließlich Schmuck und Antiquitäten. Zugleich war er mit berühmten Schauspielern, Regisseuren und Sängern befreundet. Deren Domizile rührte er nicht an. Und wenn ein anderer das wagte, dann fand der Artist die Ganoven in der Regel schneller als die Miliz, zwang sie, die Beute zurückzugeben, und bestrafte sie mit aller Härte.

Ein Verbrecherboß durfte keine Familie haben. Daher schloß der Artist mit dem Mannequin keine Ehe, sondern lebte ohne Trauschein mit ihr zusammen. Sie brachte ihm zuerst den Sohn Oleg und danach die Tochter Vika zur Welt. Man kann nicht direkt sagen, daß sie ihre Kinder nicht liebte. Aber es fehlte ihr an Lust und Zeit, sich mit ihnen abzugeben. Kosmetiksalon, Schneiderin, Restaurants, Theaterpremieren, Antiquitäten, Perserteppiche und Kristall – all das forderte Zeit und Kraft. Manchmal verkaufte sie, was der Artist nicht wissen durfte, ihre Importsachen an Freundinnen weiter. Nicht wegen des Geldes, sondern weil es ihr Spaß machte. Sie hatte ein Händchen fürs Geschäft. An Vika vererbte sie das nicht. Aber bei Oleg zeigte es sich schon in der Kindheit. In den unteren Klassen handelte er mit Kaugummi, Schlüsselanhängern und Kugelschreibern, als er älter war mit Zigaretten, Jeans und CDs. Nach dem Schulabschluß gelangte er für eine hohe Bestechungssumme ans Plechanow-Institut für Volkswirtschaft, wo er bereits im ersten Semester mit Drogen in Berührung kam.

Vika war zwei Jahre jünger als ihr Bruder. Nach der zehnten Klasse ging sie an die Filmhochschule, um Schauspielerin zu werden. Auch das wurde mit Beziehungen und Schmiergeld bewerkstelligt, aber im Unterschied zu Oleg ahnte sie nichts davon. Irgendwann einmal hatte sie dem Vater gebeichtet, daß sie zum Film wollte. Sie nahm die schwierigen Aufnahmeprüfungen ohne jede Mühe mit hervorragenden Ergebnissen. Seit ihrer Kindheit hatte man ihr alle Wünsche von den Augen abgelesen. Daher wußte sie oft selber nicht, was sie eigentlich wollte.

Sie war beliebt, wurde von allen umworben und beneidet. Sie selber nahm davon kaum Notiz. Die Jungen vergötterten sie, wagten aber nicht, ihr zu nahe zu kommen. Sie war so unerreichbar wie eine Märchenprinzessin. An der Filmhochschule, wo Liebesaffären zum Sinn des Lebens gehörten, brachte es Vika nicht einmal zu einem richtigen Kuß. Sie mochte es, wenn man sich nach ihr verzehrte, aber sich einem einzigen dauerhaft hinzugeben kam ihr öde und langweilig vor. So genoß sie ihre Tage, war immer fröhlich und guter Dinge, konnte aber nicht recht sagen, was sie vom Leben erwartete.

Oleg nahm zunächst Marihuana und später Heroin. Vika fiel auf, daß ihr Bruder sich veränderte und sich merkwürdig verhielt. Sie wollte der Sache auf den Grund gehen, aber ewig kam ihr etwas dazwischen. Entweder die Hochschule, die Freundinnen oder auch nur ein neuer Pelzmantel.

Oleg starb, als er zwanzig war. Er wurde bei einer Schlägerei in einer Spelunke erstochen. Die Mutter lag gerade in einer Schönheitsklinik, wo sie sich wieder einmal operieren ließ. Der Vater saß im Gefängnis. Nur die neunzehnjährige Vika war da, um den Leichnam zu identifizieren.

Das Ganze kam ihr wie ein schwerer Alptraum vor,

den sie im Kino sah. Die Leiche auf dem Seziertisch hatte mit ihrem Bruder nichts zu tun. Wenn sie wieder erwachte, wäre Oleg in seinem Zimmer und sie würden darüber streiten, wer den Hund ausführen sollte. Bald mußte Papa zurückkommen, und alle Probleme würden sich von selbst lösen. So war es immer gewesen.

Für den Mord an Oleg kamen mehrere seiner Bekannten aus der Drogendealer- und Schwarzhändlerszene in Frage. Nach dem Tod des Bruders mußte Vika erleben, was Hausdurchsuchungen und Verhöre bedeuteten. Bei seinem Begräbnis betrank sich ihre Mutter und heulte herzzerreißend.

Bei früherer »Abwesenheit« war der Vater stets bald wieder aufgetaucht, lange bevor er seine Strafe abgesessen hatte. Das Maximum waren bisher zwei Jahre gewesen. Das erreichte er mit Hilfe von Beziehungen und einflußreichen Freunden. Diesmal aber kam es anders. Der Vater blieb verschwunden. Das Telefon klingelte immer seltener, und auch Briefe kamen kaum noch, von Gästen ganz zu schweigen.

Im Jahre 1982 starb Breshnew, und Andropow kam zur Macht. Der begann in dem Staat, der zu zerfallen drohte, Ordnung zu schaffen. Kampagnen setzten ein –

gegen Arbeitsbummelei, Alkoholmißbrauch und Spekulation, aber auch gegen die Größen der Verbrecherwelt. Vika wußte nicht, welche Gewichte sich dort oben verschoben hatten und was das für ihr Leben bedeutete. Bald aber mußte sie spüren, daß das Klima um sie herum immer kälter wurde. Als erste reagierten die Lehrer. Ihr künstlerischer Mentor, ein berühmter Schauspieler und guter Freund ihres Vaters, der sie bisher immer lächelnd gelobt und ihr Talent gepriesen hatte, schrie sie jetzt an, sie könne sich nicht bewegen, habe eine gräßliche Stimme und hölzerne Gliedmaßen.

Auch Vikas Freundinnen behandelten sie spürbar kühler. Selbst die Jungen, die wahnsinnig in sie verliebt gewesen waren, riefen immer seltener an und schauten weg, wenn sie ihr begegneten.

Die »Literaturzeitung« druckte die Artikelserie eines bekannten Reporters über die Größen der Verbrecherwelt, deren waghalsige Einbrüche und blutige Morde. Vikas Vater spielte darin eine Hauptrolle. Eine Ausgabe der Zeitung fand Vika im Briefkasten, als sie wieder einmal Post erwartete. Von wem sie kam, wußte sie nicht.

Als sie den Artikel las, verschwammen die Zeilen vor ihren Augen. Ein Bild des Verfassers war dabei. Vika kannte ihn. Er war oft bei ihnen zu Gast gewesen, hatte bei vielen Gelagen geistvolle Trinksprüche ausgebracht und interessante Stories erzählt. Wenn er Breshnew nachmachte, hatten alle Tränen gelacht.

Zum ersten Mal in ihrem Leben weinte Vika vor Kummer. Waren ihr früher einmal die Augen feucht geworden, hatte sie sofort jemand getröstet. Jetzt tat das niemand mehr. Ihre Mutter schlief auf der Couch im Wohnzimmer ihren Rausch aus. Nur Greta schaute sie mit ihren treuen Augen an und leckte ihr die Tränen von den Wangen.

»Warum? Wofür?« flüsterte Vika und schluchzte krampfhaft.

Sie blätterte in ihrem Telefonbuch herum und suchte nach einer Nummer, die sie anrufen konnte, um zu sagen: »Mir geht es schlecht.« Aber eine solche Nummer gab es nicht. Ihr schien, es müßte sie geben.

Nicht zum ersten Mal stieg dieses merkwürdige Gefühl in ihr auf: Es gibt einen, der dich so sehr liebt, daß er dich niemals verraten wird. Deshalb lief sie zitternd zum Briefkasten, deshalb blätterte sie hektisch in ihrem Telefonbuch oder fuhr zusammen, wenn sie den Blick eines anderen auf sich spürte. Es war wie beim Blindekuhspielen: Du suchst mit verbundenen Augen nach einem Gegenstand, und alle rufen: Kalt! Wärmer, wärmer, wieder kalt, jetzt ganz heiß!

Bislang war es immer kalt gewesen. Nur einmal, als sie zu Weihnachten in die Kirche ging, hatte sie plötzlich Wärme verspürt. Ein junger Mann war an sie herangetreten und hatte ihren Namen genannt. Sein Gesicht kam ihr flüchtig bekannt vor. Graue Augen, eine dunkelblonde Igelfrisur. Er sah aus wie einer von der Armee oder der Miliz. Er trug Zivil, aber durch die abgeschabte Schaffelljacke konnte sie gleichsam die Sterne auf seinen breiten Schultern sehen. So einer hatte in der Kirche nichts zu suchen. Vielleicht beobachtete er sie. Eine Komsomolzin geht zur Kirche, betet und zündet Kerzen an. Ein guter Vorwand, um sie aus dem Komsomol auszuschließen und dann von der Filmhochschule zu werfen.

Heiß! Heiß! rief eine innere Stimme verzweifelt.

Aber Vika glaubte, ihr sei heiß vor Angst.

Tadshikistan 1988

Der Selbsterhaltungstrieb ist gefährlich. Man darf sich ihm nicht unterwerfen. Er kann täuschen. Er schlägt dich in wilde Flucht und verleitet dich, den Kopf in den Sand zu stecken. Er löst Panik aus oder gar einen Schock. Der Schock kann dein Tod sein. Das hatte Kirill in Afghanistan gelernt. Die Kugel kann dich verschonen, selbst wenn sie dein Herz streift. Es bleibt immer eine Chance, und sei sie noch so klein. Der Schock aber kann töten.

Hauptmann Sergej Berestow starb vor Kirills Augen an einer Bagatellverletzung. Sie gingen unter Beschuß in kurzen Sprüngen vor. Sergej fiel plötzlich nieder und lag reglos auf der heißen Erde dieses fremden Landes. Kirill robbte an ihn heran und sah sofort, daß Sergej tot war. Aber er fand keine Wunde. Später zeigte sich, daß die Kugel ihn unter der Achselhöhle nur schwach gestreift hatte. Sergej hatte der Schock getötet, die heftige Reaktion auf den Selbsterhaltungstrieb.

Seiner Angst dagegen soll man glauben. Man muß sie nur von Panik unterscheiden lernen, wenn einem die Knie zittern und der Mund trocken wird. Echte, produktive Angst zwingt zum Denken und danach zum Handeln. Nicht umgekehrt. Zuweilen ist der geschärfte Sinn für Gefahr das einzig Reale, an das man sich halten kann.

Großmutter war froh, als Kirill bei der Rückkehr aus Afghanistan nach Duschanbe, der Hauptstadt Tadshikistans, kommandiert wurde. In ihrer Vorstellung war diese Stadt warm und reich an Früchten. Natürlich hätte sie ihren Enkel gern bei sich gehabt. Andererseits fürchtete sie, daß er in Moskau früher oder später der Tochter des toten Bandenchefs Artist über den Weg lief, was ihm schwere Probleme bereiten konnte.

Großmutter wußte, wie sehr Kirill in das Mädchen verliebt war. Jedesmal wenn er sie besuchte, führte er als erstes ihren alten Dick aus. Mit ihm schnürte er lange über den Hof. Oder er stand mit Großvaters Fernglas auf dem Balkon. Das war einfach lächerlich. Ein erwachsener Mann, ein Offizier, der durch die Hölle gegangen war, benahm sich wie ein verliebter Primaner.

»Sie verkehrt mit Kriminellen«, sagte die Großmutter anklagend. »Du müßtest die Visagen sehen und die Autos! Im Hof wird geredet, sie sei Michos Braut. Auch so ein Bandit, noch schlimmer als ihr Vater. Vergiß sie. Gibt es denn so wenig ordentliche Mädchen?«

Kirill wollte von alledem nichts hören. Er tat so, als wüßte er nicht, wovon sie sprach.

Natürlich hatte er sich inzwischen über sein Wintermädchen kundig gemacht. Er wußte von Artist, von Kowal und Micho. Aber alle diese Dinge aus der Verbrecherwelt hatten mit ihr nichts zu tun. Für ihn schwebte sie in einer Wolke blendend weißer Flocken dahin, und kein Schmutz konnte ihr etwas anhaben.

Diesen Micho bringe ich eines Tages um, dachte er, als er in einer schwülen Nacht in seinem Büro in der Staatsanwaltschaft der Tadshikischen Republik im Zentrum von Duschanbe über einem Stapel Dokumente saß.

Das Telefon klingelte. Vom anderen Ende kam kein Ton. Der Anruf konnte nicht zurückverfolgt werden.

Hier in Duschanbe dröhnte die Erde nicht unter den Füßen, waren selten Schüsse zu hören. Hier schwieg man nur in den Telefonhörer. Kirill arbeitete mit einer Gruppe von Ermittlern an der berüchtigten »Baumwollaffäre«. Um den Hunger des Landes nach der in Mode gekommenen Naturfaser zu stillen, wurde sie in mehreren Republiken des heißen Mittelasiens auf höchste Weisung aus Moskau in Monokultur angebaut. Beamte aller Rangstufen meldeten höhere Ernten, als der karge Boden hergab, und lenkten den Erlös in ihre Taschen. Die tadshikische Mafia hatte die ganze Gesellschaft, alle Macht- und Repressionsorgane in ihre Netze verstrickt. Die produktive Angst, die Kirill in Afghanistan so geholfen hatte, drohte hier nach und nach in Panik umzuschlagen. Dort war die Gefahr mit Händen zu greifen gewesen, die Welt klar in Freund und Feind geteilt. Hier konnte jeder Freund sich als gefährlicher Feind erweisen. Diese Art Panik war zwar nicht tödlich, aber bedrückend und ungeheuer lästig. Besonders erbärmlich fühlte er sich, wenn ihm die Mafia ihr Schmiergeld über einen Kollegen oder engen Mitarbeiter anbot, der mit ihm zusammen in Afghanistan gekämpft hatte.

Auf die stummen Anrufe folgten offene Drohungen. Kirill wurde ein langsamer, qualvoller Tod vorausgesagt, wenn er nicht innehielt. Inzwischen ging es aber nicht mehr nur um Baumwolle. Kirill hatte das Pech, von einem Informanten zu erfahren, daß ein führender Mann des Innenministeriums der Republik, ein hochgeachteter General und Träger des Leninordens, in Geschäfte mit Drogen verstrickt war.

Aber die Beweise reichten nicht aus, und Kirill suchte mit verzweifelter, beinahe fanatischer Hartnäckigkeit nach weiterem Belastungsmaterial. Er wollte kein einsamer Held sein, wie man sie aus billigen Kriminalfilmen kennt. Ihm ging es darum, das Modell einer Gesellschaft wiederherzustellen, die er verstand. »Das Vaterland zu schützen ist eine Arbeit wie jede andere.« Aber der Satz aus dem alten Film kam ihm immer unredlicher vor. Das Pathos klang verlogen und hohl. Wessen Vaterland hatte er in Afghanistan geschützt? Vor wem? Was hatte sein Großvater, der Held, Rußland angetan, als er Bauern und Priester erschoß? Hatte er es auch schützen wollen? Und sein hochdekorierter Vater, als er mit seinem Panzer durch die engen Gassen von Prag fuhr? Wen wollte er schützen? Wer hatte ihn dorthin gerufen? In diesem Falle war die Antwort klar. Unmengen von Wodka, die Blutergüsse im Gesicht seiner Mutter und das schreckliche Ende – zwei Leichen in einer Staatsdatsche. Mord und Selbstmord. Der Lohn für die Arbeit.

Hier in Tadshikistan wollte Hauptmann Kirill Petrow

sein Vaterland vor der Mafia und der Drogenflut schützen. Doch wem nützte, was er tat? Die ihm die Befehle gaben, waren ebenfalls von der Mafia bestochen.

Aber er wollte seine Welt bewahren, die zerfiel, die ihm wie Sand zwischen den Fingern zerrann. In seiner Welt sollte alles klar und eindeutig sein. Freund war Freund, und Feind war Feind. Dazwischen gab es nichts. Was dazwischen sein sollte, brachte einen um den Verstand, ließ den Boden unter den Füßen wanken und war lebensgefährlich wie ein Schock.

Kirills Informant wurde ermordet. Einige Tage danach entdeckte Kirill einen Sprengsatz an der Tür seiner Dienstwohnung. Und wieder drei Tage später wurde er von einem Auto angefahren. Ein schmutziger schwarzer Wolga ohne Nummernschild schoß vor aller Augen in rasender Fahrt mitten auf den Gehweg. Kirill kam mit einigen Knochenbrüchen davon. Außer ihm erfaßte der Wolga eine junge Mutter mit Kinderwagen. Sie erlitt einen Schädelbruch und war sofort tot. Das fünf Monate alte Baby blieb wie durch ein Wunder am Leben.

Wie sich herausstellte, hatten die Killer in dem Wolga geglaubt, dies seien seine Frau und sein Kind. Das erfuhr Kirill erst im Krankenhaus in Moskau. Ein alter Freund besuchte ihn, mit dem er bei »Zenit« zusammen gedient hatte. Er nannte ihm den Namen des Generals im tadshikischen Innenministerium, der vor einer Woche an seinem Schreibtisch an Herzversagen gestorben war. Nach einer anderen Version hieß es, seine Freunde aus der Dealerszene hätten ihn vergiftet, weil er doppelte Zahlungen für seine hohe Protektion gefordert hatte.

Moskau 1985

Vika begriff schließlich, daß es nicht an ihr lag. Mit ihrem Vater befreundet zu sein war einfach nicht mehr nützlich und erstrebenswert. Am besten, man kannte ihn überhaupt nicht. Diese Erkenntnis hatte sie binnen eines Jahres um zehn Jahre reifen lassen.

Äußerlich war davon nichts zu bemerken. Sie sah blendend aus, hielt sich gerade und trug stets ein Lächeln auf den Lippen. Das hatte sie aus einer Zeitschrift. Immer lächeln und sich sagen: Bei mir ist alles bestens!

Ihre alte Kinderfrau und die Haushälterin kündigten, nachdem man sie mehrfach zur Kriminalpolizei bestellt und verhört hatte.

»Verzeih mir, Vika«, bat die Kinderfrau. »Ich habe unter Stalin genug Angst haben müssen. Jetzt kann ich nicht mehr. Außerdem will mein Enkel in die Partei eintreten. Ohne das kommt er als Wissenschaftler nicht weiter. Aber wenn sie ihn in der Versammlung fragen …, was soll er ihnen antworten? Jetzt wird wieder alles so streng genommen …«

»Ich versteh' schon, Baba Nina«, sagte Vika lächelnd.

Die Haushälterin verabschiedete sich nicht einmal. Sie kam einfach nicht mehr.

Bei mir ist alles bestens, sagte sich Vika trotzig. Gut, daß sie weg sind. Wir hätten sie ohnehin nicht mehr bezahlen können.

Ihre Mutter hatte Probleme mit dem Gesicht. Die Operationsnähte wollten sich nicht schließen. Tagelang irrte sie in einem alten Morgenrock durch die Wohnung und paffte schweigend vor sich hin. Wenn sie aus dem Haus ging, dann nur, um ihre Vorräte an Schnaps und Zigaretten aufzufüllen.

Jeder Tag brachte neue Überraschungen. Eine Frau von der Wohnungsverwaltung erschien und schrie herum, es seien riesige Schulden für Miete und Strom aufgelaufen. Vika drang in ihre Mutter, aber die hatte keine Ahnung, wo die Quittungsbücher lagen, wie man sie ausfüllte und wohin die Miete zu überweisen war. Das hatte bisher die Haushälterin erledigt.

Shampoo und Duschbad, Wimperntusche und Parfüm

gingen zu Ende. Früher gelangte all das wie von selbst ins Bad und auf ihre Frisierkommode.

In den gewöhnlichen Läden gab es vieles zu kaufen, aber das zu benutzen war unmöglich, ja sogar erniedrigend. Die Wimperntusche erinnerte an Schuhcreme. Von dem Shampoo standen einem die Haare zu Berge wie bei einer Toilettenbürste. Das Parfüm roch nach billiger Seife.

Bei mir ist alles bestens, sagte sich Vika auch jetzt noch und lernte ihre Wimpern mit sowjetischer Tusche zu färben, das Haar mit einer Mischung aus Schwarzbrot und Kefir zu waschen. Schließlich taten das Millionen Frauen in Rußland. Mit solchen Alltagsproblemen wurde sie fertig. Viel schwerer war die Einsamkeit zu ertragen.

Eines Morgens klingelte es an ihrer Wohnungstür. Draußen stand ein unbekannter junger Mann mit einem breiten, groben Gesicht, teuer, aber ohne jeden Geschmack gekleidet. In der Hand drehte er eine Mütze aus Nerz. Vika bemerkte einen tätowierten Ring auf dem Mittelfinger und einen goldenen auf dem Ringfinger. Er fuhr sich durch die fettige, schon länger nicht gewaschene schwarze Mähne und erklärte: »Ich bin Micho. Ich komme von Ihrem Vater.«

Ihre Mutter erschien im Morgenrock, betrunken wie immer, und brach sofort in Tränen aus.

Der Gast brachte ihnen Geld – 2000 Rubel –, zu jener Zeit eine beträchtliche Summe. Ohne den Blick der kleinen, stechenden Augen zu heben, teilte er ihnen mit, ihr Vater sei tot. Der Artist hatte im Lager eine Revolte angeführt, die mit bisher nicht gekannter Härte unterdrückt wurde. Als Rädelsführer war er in Einzelhaft gekommen. Er wollte sich gegen die Willkür der Behörden mit einem Hungerstreik zur Wehr setzen, aber sein Organismus hatte versagt.

Es folgten weitere Tränen, eine Fahrt ins Gebiet Swerdlowsk und demütigende Bittgänge zu unbekannten Beamten. Ihre Mutter wollte ein ordentliches Begräbnis für den Vater, aber das genehmigte man ihr nicht. Schließlich war sie nicht mit ihm verheiratet. Für die Behörden galt sie als Fremde. Kowal und Micho halfen. Auf einem kleinen Friedhof bei Nishni Tagil setzten sie ihn schließlich in aller Stille bei.

Sofort nach der Beerdigung begann Micho ungeschickt, aber beharrlich um Vika zu werben.

Er lebte in Wladiwostok, war aber oft in Moskau. Wenn er kam, löste er ihre Alltagsprobleme. Hätten nicht er und Kowal geholfen, wäre es kaum möglich gewesen, die Wohnung und wenigstens einen Teil der Einrichtung zu halten. Micho gab das Geld, und Kowal rief an, wo es notwendig war. Allmählich kehrte ihr Leben in normale Bahnen zurück. Es war nicht mehr so unbeschwert wie früher, aber die Mutter trank nicht mehr, und Vika konnte ihr Studium an der Filmhochschule fortsetzen.

Kowal half, weil er ein alter Freund des Vaters war. Micho aber hatte sein Herz an Vika verloren. Er überhäufte sie mit Blumen und teuren Geschenken. Er sah sie an, und sein Blick erinnerte an Greta, wenn sie sehr ausgehungert war. Manchmal glaubte Vika tatsächlich, er würde sie mit Haut und Haar verschlingen, wenn sie es ihm nur gestattete.

»Ich vergöttere dich, meine Schöne«, murmelte er zitternd und ließ sie seinen heißen Atem spüren.

Ist das Wärme? fragte sie sich.

Endlich war der erschienen, auf den sie gewartet hatte. Mochte er grob und ungebildet, mochte er ein Krimineller sein, aber er liebte sie so sehr, daß er sie nie im Stich lassen würde. Weil sie es sich so sehr wünschte, täuschte sie sich selbst: Ja, es ist warm, es ist heiß! Tief in ihrem Inneren aber war es bitter kalt.

Wladiwostok 1998

Micho ließ sich endlich doch zu einer dunklen Brille überreden. Er trug sie jetzt fast immer, auch wenn er sich in einem Raum aufhielt. Die Augen brannten und tränten ohne Unterlaß. Wind oder helles Licht konnte er kaum noch ertragen. Er hatte bereits einen Termin bei dem berühmten Augenarzt in Moskau. Aber in Wladiwostok war viel zu tun. Die Tschetschenen griffen mit aller Macht an. Die Diplomatie aus Kowals Zeiten war vergessen.

Micho wollte nichts überstürzen und nicht in Panik verfallen. Aber das gelang ihm nicht. Bei dem ständigen Brennen in den Augen konnte er sich nicht mehr konzentrieren.

»Was zögerst du?« fragte Vika tadelnd. »Du mußt sofort fliegen! Aber nicht nach Moskau, sondern nach Kanada. Dort bist du in Sicherheit und bekommst bessere Qualität.«

»Kanada ist so weit weg.«

»Und in Moskau werden sie dich umbringen.«

Er wußte, daß sie recht hatte. Genau das machte ihn wild. Vika mischte sich in seine Männersachen ein. Sie sollte besser in einem Film spielen. Aber dann hätte er wohl vor Eifersucht den Verstand verloren.

Micho wußte selber nicht, was ihn so an sie fesselte. Bei seinem Geld und seiner Macht konnte er Frauen haben, soviel er wollte, schöne und ganz unterschiedliche. Zuweilen fiel er mit seinen Getreuen in irgendeinem Luxusbordell mit himmelblauen Whirlpools ein und zog dort das volle Programm durch. Aber er wurde das Gefühl nicht los, daß er das seiner Frau zum Trotz tat, die er auch bei den wildesten Sexorgien nicht eine Minute lang vergessen konnte. Micho betrog sie, um ihr zu beweisen, wie hartgesotten und unabhängig er war. Sie aber bemerkte das nicht einmal.

Er hatte so lange und so hartnäckig um Vikas Liebe kämpfen müssen, daß er sie beinahe haßte. Diese Haßliebe, die in ihm brodelte, verlieh ihm zusätzliche Energie. Vika hielt ihn ständig in Trab. Stark und klug war er nicht für sich selbst, sondern nur für sie. Ihr wollte er permanent beweisen, daß er ein Siegertyp war.

In den ersten Jahren träumte er von einem Kind. Aber Vika wurde nicht schwanger. Sie bestand darauf, daß sich beide untersuchen ließen. Dabei stellte sich heraus, daß bei ihr alles in Ordnung war. Er dagegen erwies sich als unfruchtbar.

»Aber wieso?! Warum? Ich bin doch ein normaler Mann!« rief Micho empört.

»Haben Sie als Kind an infektiöser Parotitis gelitten?« fragte der Arzt.

»An was?«

»Hatten Sie Ziegenpeter?«

Micho dachte nach und bejahte.

»Mit sechs, ich glaube, noch im Kindergarten«, antwortete er mit düsterem Blick.

»Das ist die Ursache für Ihre Unfruchtbarkeit«, erklärte der Arzt und zuckte die Schultern. »Parotitis kann die Drüsen angreifen, darunter die Samendrüsen von Jungen. Daher Ihre Oligospermie.«

»Was ist denn das nun wieder?«

Der Arzt spitzte die Lippen und runzelte die Brauen, womit er leichtes Befremden über so viel medizinischen Unverstand zum Ausdruck bringen wollte.

»Ihre Spermien sind zu träge und nicht lange genug

lebensfähig. Sie sind nicht in der Lage, eine Frau zu schwängern. Dieses Leiden ist noch nicht heilbar. Auf Ihre eigene Gesundheit hat es allerdings keinen Einfluß. Sie sind ansonsten ein vollwertiger Mann.«

»Wenn du willst, adoptieren wir ein Kind«, meinte Vika. »Gleich nach der Geburt. Das läßt sich einrichten. Niemand wird wissen, daß es nicht unser Kind ist.«

»Nein!« brüllte Micho.

Nach weiteren Untersuchungen in einer Schweizer und einer französischen Klinik brummte er: »Ich werd's mir überlegen. Aber nicht jetzt. Später.«

Dieses »später« zog sich nun schon viele Jahre hin. Micho lebte von einem Tag auf den anderen. Anfangs hatte er geglaubt, der ständige Kampf ums nackte Dasein, Angst, Verrat und Grausamkeit würden eines Tages vergehen. Wenn er genug Geld gescheffelt hatte, wollte er sich in ein ruhiges, normales Leben zurückziehen. Irgendwo in Spanien am Meer eine Luxusvilla kaufen, sich dort mit Vika niederlassen, vielleicht sogar ein Kind annehmen, reisen, tauchen, Berge ersteigen und als braungebrannter Millionär in feinem Tuch von Cartier auf sein Alter warten.

Irgendwann dämmerte ihm, daß es niemals so sein

würde. Geld hatte er bereits jetzt genug, und das Haus in Spanien gab es auch schon. Aber dort verbrachte er kaum eine Woche im Jahr. Er konnte nicht innehalten und zur Ruhe kommen. Zu hoch war er inzwischen in der Verbrecherwelt aufgestiegen, zu verwickelt waren seine Beziehungen, die ihn wie ein Spinnennetz umgaben, zu viele Todfeinde hatte er sich gemacht und Freunde, die jeden Moment zu Feinden werden konnten. Die Luft um ihn war dick, hoch explosiv und roch stets nach Pulver und Blei. Um zu überleben und den nächsten Schritt zu tun, mußte er ständig handeln und sich das nächste Stückchen Sicherheit mit Klauen und Zähnen erkämpfen. Wenn er morgens erwachte, konnte er nie sicher sein, ob er den Abend erlebte. An den nächsten Tag war gar nicht zu denken.

Im Moment hatte er zwei Aufgaben zu lösen: Er mußte die Region im Griff behalten und seine Augen kurieren. Wie stets war das eine mit dem anderen nicht zu vereinbaren.

»Du kannst jetzt nicht aus Wladiwostok weg, Micho«, beharrten seine Kumpane.

»Wenn du nicht teilst, wirst du in Beton gegossen«, warnten seine Feinde.

»Wann kommen Sie endlich?« drängte der Arzt am Telefon.

»Du mußt nach Kanada fliegen!« mahnte Vika.

Einer seiner Getreuen ließ sich von den Tschetschenen anwerben. Mit dem mußte er auf der Stelle abrechnen. In einem Lagerhaus brach Feuer aus und vernichtete Waren im Wert von mehreren Millionen Dollar. Dem hatte er nachzugehen. Eine Sendung Autos war völlig unbrauchbar. Um alles mußte er sich selber kümmern. Niemand nahm ihm etwas ab.

Kowal hatte ihm die Region nicht im besten Zustand hinterlassen. So viele Probleme waren ungelöst, daß Micho davon ganz schwindlig wurde. Noch zu Lebzeiten seines Chefs im letzten halben Jahr hatte er bemerkt, daß der nachließ, sein Griff sich lockerte, seine Wachsamkeit schwand. Kowal kam ihm immer schlapper und sentimentaler vor. Er war ein Bandenchef alter Schule gewesen. Mord galt für ihn als der letzte Ausweg, wenn es gar nicht anders ging. Über allem standen für ihn die Ehre und der Zusammenhalt seiner Bruderschaft. So lief das jetzt nicht mehr. Die jungen Wölfe fraßen einen auf. Zeigte er auch nur ein Fünkchen Nachsicht, dann war er seine Schutzgeldzahler los.

Micho wurde klar, daß sein verblichener Freund im letzten halben Jahr in einer Art Schockzustand gelebt hatte. Er war krampfhaft bemüht gewesen, für die neue Situation eine Strategie zu finden. Er konnte nicht zulassen, daß seine Region zu einem anarchisch brodelnden Kessel wurde. Er brauchte Ordnung, kein blutiges Chaos. Aber schon diese Absicht war sein größter Irrtum gewesen.

Micho spürte, daß alles auf einen echten Krieg hinauslief. Aber kann eine Truppe siegen, die von einem Blinden geführt wird?

Daß er nach Moskau fliegen wollte, wußte niemand außer Vika, seinen zwei treuen Leibwächtern und dem berühmten Augenarzt. In die Klinik wollte Micho unter falschem Namen einziehen. Ihn erwartete ein abseits gelegenes Einzelzimmer mit vergitterten Fenstern und zusätzlich gesicherten Mauern.

»Die Behandlung wird länger dauern und schrittweise erfolgen«, hieß es in der Klinik.

Das machte ihn unruhig. Er war davon ausgegangen, die Sache rasch hinter sich bringen zu können.

»Willst du wieder richtig sehen?« fragte ihn der Professor.

»Ich bin ein ›Chef‹, dem nichts entgehen darf«, antwortete Micho grinsend.

»Dann schick dich in deine Lage. Du hast jetzt nur an eines zu denken – an dein Augenlicht. Entspann dich, sonst wird nichts draus.«

Das war leicht gesagt. Seinen Leuten im Fernen Osten brannte der Boden unter den Füßen. Hier in Moskau war ihm alles fremd. Hier konnte er niemandem vertrauen.

»Ich glaube, ich werde beobachtet«, sagte Vika, als sie ihn in der Klinik besuchte.

»Die Bullen?« fragte er voller Hoffnung.

»Wenn's die nur wären«, meinte sie mit einem traurigen Lächeln. »Ich fürchte, es sind die Tschetschenen. Ich habe keine Angst vor ihnen. Mich wollen sie ja nicht. Sie wollen dich. Sie wissen bereits, daß du hier bist. Wahrscheinlich ist es für sie leichter, dich in Moskau zu beseitigen, als in Wladiwostok. Bleib also, wo du bist, und rühr dich nicht. Du wirst gut bewacht.«

Micho ließ aus Wladiwostok zwei weitere Leibwächter kommen, die Vika beschützen sollten. Er wollte einfach nicht zugeben, daß sie recht hatte. Er hätte nach Kanada fliegen sollen.

Moskau 1998

Arthur nahm sich in Moskau eine gemütliche Zweizimmerwohnung. Sie lag in einem Neubau in Sokolniki. Er, der in Schmutz und Armut aufgewachsen war, wurde im Alter immer wählerischer, was seine Lebensumstände betraf. Hotels mochte er nicht, auch nicht die luxuriösesten. Schritte und Stimmen im Korridor raubten ihm den Schlaf. Er meinte, die Zimmerfrauen wühlten in seinen Sachen oder faßten sie zumindest mit ihren nach Chlor riechenden Händen an.

Sein Quartier wählte er stets mit größter Sorgfalt aus. Es mußte natürlich eine Stahltür und Spezialschlösser haben, die sich ohne den passenden Schlüssel nicht öffnen ließen. Und es mußte klinisch rein sein. Eine gesprungene Kachel im Bad, ein Fleck auf der Tapete, ein Löchlein in der Wand von einem herausgezogenen Nagel, ein tropfender Wasserhahn oder knarrende Dielen reizten ihn bis aufs Blut und ließen ihn keine Ruhe finden. Die aber brauchte er bei seiner nervenzehrenden Tätigkeit dringend. Die Wohnung in Sokolniki stellte sich in dieser Hinsicht als ideal heraus. Sie war frisch renoviert und roch noch schwach nach Farbe. Man hatte sie mit neuen Möbeln ausgestattet, und alles glänzte vor Sauberkeit.

Als er abends auf der Couch vor dem Fernseher lag, Schwarzbier schlürfte und Kartoffelchips mit Dillgeschmack knabberte, ging er gedanklich alle seine Moskauer Verbindungen durch, um zu entscheiden, wo er anfangen sollte.

Er wußte, daß sich Micho bereits in der Moskauer Klinik befand. Aber das war auch alles, was er wußte. Er heuerte zwei junge Nichtstuer an, die Michos Frau beobachten sollten. Er mußte herausbekommen, wie lange sich Micho in der Hauptstadt aufhalten wollte – drei Tage, eine Woche oder einen Monat? Wurde er stationär behandelt, oder fuhr er jeden Tag in die Klinik?

Man konnte einen Profi, einen Killer aus einer ehemaligen Sondereinheit, einsetzen, der den ganzen Auftrag im Komplex erledigte. Der mußte dann auch herausfinden, wie lange das Opfer in Moskau zu bleiben gedachte, wo Micho sich aufhielt, mit wem er sich traf und wo der beste Ort war, um ihn zu liquidieren. Einem echten Profi genügten Name und Foto des Opfers. Aber alle Kanäle, über die Arthur an einen solchen Mann herankommen wollte, schienen ihm unsicher zu sein. Auch seine Moskauer Verbindungen liefen über den Fernen Osten. Die Leute, die er hier direkt ansprechen konnte, waren Kowals Männer gewesen und nach dessen Tod von Micho übernommen worden.

Arthur brauchte einen Einzelgänger ohne feste Bindungen, aber von höchster Klasse. Jedoch einen Profikiller, der in der Verbrecherwelt ohne jede Verbindungen war und keiner Bande oder Struktur angehörte, gab es praktisch nicht.

Ein Mann, der professionell töten konnte, blieb in dieser Zeit nicht ohne Arbeit. Wenn einen hervorragenden Schützen keiner kannte, wurde er von keinem gebraucht. So einer konnte auch Arthur nichts nutzen.

Im Fernsehen lief ein Erotikthriller. Arthur schaute kaum hin. Die Schreie des Entsetzens, vermischt mit lustvollem Stöhnen, hinderten ihn nicht am Nachdenken. Ein kleiner, tückischer Gedanke quälte ihn schon die ganze Zeit. Er suchte ihn zu verscheuchen, aber das wollte ihm nicht gelingen.

Laut Vertrag hatte er dem Exekutor 50000 Dollar zu zahlen. Das war viel Geld. Der gängige Preis für einen Auftragsmord lag bei 30000. Daher war er der Meinung, in diesem Falle sei es nur gerecht, seine Provision von 10000 zu verdoppeln. Er war nicht so dumm, sich eine solche Chance entgehen zu lassen.

Die blonde Schöne im Fernseher kreischte auf, als wollte man sie abstechen. Das wollte man in der Tat. Ein blutbefleckter Irrer mit wild rollenden Augen ging auf sie zu, in der erhobenen Hand ein riesiges Küchenmesser, groß wie ein Kosakensäbel. Zu den Schreien der Frau heulte auch noch die Musik wild auf. Spohn konnte nicht hören, wie es leise im Schlüsselloch knackte. Eine Minute später öffnete sich die schwere Stahltür langsam und ohne jeden Laut.

Wäre Kirill nicht so aufgeregt gewesen und hätte ihr Gesicht eingehender betrachtet, dann hätte er sehen müssen, daß sie sich verändert hatte. Anders konnte es nicht sein. So viele Jahre waren vergangen. Aber er sah in ihr immer noch sein Wintermädchen.

Sie begegneten sich zufällig auf dem Hof. Vika ging mit gesenktem Kopf von der Haustür zu ihrem Wagen.

Sie war allein. In der letzten Zeit hatten sie ständig zwei widerwärtige Gorillas begleitet.

Du Mistkerl, dachte Kirill von ihrem Mann Micho, du bringst sie in höchste Gefahr. Weißt du eigentlich, was du da tust? Wenn solche Muskelprotze auftauchen, wird der Mensch sofort sehr verletzbar. Wie wenn die Ampel auf Gelb schaltet. Das ist nicht der erste, sondern schon der zweite Gong. Wenn ich dich hirnlosen Idioten erwische, dann bringe ich dich um!

Kirill wußte nicht, daß Vika die beiden Leibwächter am Morgen zu ihrem Mann ins Krankenhaus geschickt hatte. Ihm und ihnen hatte sie erklärt, sie werde an diesem Tag das Haus nicht verlassen. Micho aber konnte zusätzliche Wachen gut gebrauchen. Sie sollten in seinem Zimmer bleiben, während zwei weitere die Tür der Klinik bewachten. Schließlich wollte ihr im Moment wohl niemand etwas tun. Ihm dagegen konnte jeden Augenblick etwas passieren.

Die Wege waren holprig und glatt, wie es in Moskau häufig ist, wenn auf einen Schneesturm Tauwetter folgt und das Ganze wieder überfriert, so daß die Straßenreinigung keine Chance hat, die Eisbrocken zu räumen. Vika trat in ihren hochhackigen weißen Stiefelchen sehr vorsichtig auf. Trotzdem glitt sie einmal aus. Kirill konnte sie gerade noch vor einem Sturz bewahren.

Eine Sekunde lang blickten sie einander unverwandt an. Ihre Augen bekamen einen warmen Schimmer. Er glaubte schon, sie habe ihn erkannt und sei froh darüber. Vielleicht aber war sie einem unbekannten Passanten auch nur dankbar, daß er sie nicht in den eisigen Matsch hatte fallen lassen?

»Danke«, sagte sie und befreite vorsichtig ihren Arm aus seinem Griff.

»Gern geschehen, Vika. Ich bringe Sie noch zu Ihrem Wagen.«

»Woher wissen Sie meinen Namen?« fragte sie und lächelte verwundert.

»Ich wohne im Nachbaraufgang. Sie hatten einmal einen wunderschönen Hund, eine weiße Slughi.«

»Greta. Die ist schon lange tot. Und Sie ... lassen Sie mich nachdenken ... sind mit einem riesigen, gutmütigen Schäferhund spazierengegangen. Dick, nicht wahr? Und die Frau, die ihn sonst immer ausführt, ist Ihre Mutter?«

»Meine Großmutter. Dick hat leider noch vor Ihrer Greta das Zeitliche gesegnet. Ich heiße übrigens Kirill.«

»Sehr angenehm. Entschuldigen Sie, Kirill, ich bin in Eile.«

Inzwischen waren sie bei ihrem Wagen, einem weißen Toyota, angelangt. Sie nahm den Schlüssel aus der Tasche und entschärfte die Signalanlage.

»Nochmals danke. Und alles Gute für Sie.« Sie lächelte ihm zu, stieg ein und schloß die Tür.

Soll doch ihr Motor versagen! dachte er mit kindlicher Verzweiflung. Damit sie nicht wegfahren kann!

Aber der Motor sprang an. Als sie um die Ecke bog, winkte sie ihm noch einmal zu – mit der rechten Hand im weißen Handschuh.

»Wie gehen die Geschäfte?« fragte der schnurrbärtige Tschetschene mit glänzender Glatze, als er sich neben Arthur auf der Couch niederließ.

Noch nie hatte ihn ein Auftraggeber vor Erledigung der Sache überprüft. Das war so außergewöhnlich, daß Spohn nicht einmal erschrak. Sein Glück, denn das hätten sie ihm falsch auslegen können.

»Alles im grünen Bereich«, antwortete er und blickte die ungebetenen Gäste erstaunt an. Dann fügte er freundlich hinzu: »Kaffee?«

Sie lehnten nicht ab. Man begab sich in die Küche. Die Tschetschenen waren zu zweit gekommen. Den kleinen rundlichen mit der polierten Glatze und den öligen Augen kannte Arthur. Den zweiten, einen hochgewachsenen Schönling, sah er zum ersten Mal.

»Wo ist er?« fragte der Schnurrbärtige und zündete sich eine Zigarette an.

»In Moskau«, meinte Arthur achselzuckend, »in Behandlung.«

»Er ist schon wieder in Wladiwostok«, gab der Dicke zähnebleckend zurück, »heil und gesund.«

»Das ist schlecht, Spohn«, seufzte der Schöne, und es klang beinahe mitfühlend.

Arthur spürte, wie er blaß wurde. Er war sicher, daß sich Micho nach wie vor in Moskau aufhielt. Die Handflächen wurden ihm feucht. Unter dem Holzfällerhemd rollte ein Schweißtropfen zwischen seinen Schulterblättern den Rücken hinab. Was war das? Ein Bluff? Eine Kontrolle? Oder hatten die Informanten Arthur hinters Licht geführt? Nein, Micho konnte nicht einfach aus Moskau verschwinden, ohne daß Spohn davon erfuhr. Er hatte auf dem Flugplatz sichere Leute plaziert. Also doch ein Bluff. Die Tschetschenen wollten ihm Beine machen, ihn ein wenig erschrecken, ihm zeigen, was für tolle Kerle sie waren.

Gut, daß sie Arthurs Gesicht nicht sehen konnten. Als er den Kaffee aufbrühte, drehte er ihnen den Rücken zu. Er brauchte nur wenige Sekunden, um sich wieder unter Kontrolle zu haben.

»Unser Kunde ist in Moskau«, erklärte er und wandte sich mit einem ruhigen Lächeln zu ihnen um. »Die Behandlung hat gerade erst angefangen. Selbst wenn er für ein paar Tage nach Hause fliegt, muß er zurückkommen. Es geht nicht anders. Eile kann jetzt nur von Schaden sein. Ich weiß, was ich tue.«

Die Gäste widersprachen ihm nicht. Sie stellten auch keine weiteren Fragen. Sie glaubten ihm. Aber nicht so sehr den Worten, als vielmehr seinem Ton und dem festen Blick, mit dem er ihnen gerade in die Augen sah. Aggressiv und brutal, wie sie waren, konnte man sie nur mit sicherem Auftreten beeindrucken. Einem psychologisch so erfahrenen Mann wie Arthur blieb das nicht verborgen. Außerdem wußten sie genau, daß jeder Betrug für Arthur selbstmörderisch war. Und wie ein Selbstmörder sah Spohn nicht gerade aus.

Kirill hatte ganz vergessen, weshalb er aus dem Haus gegangen war. Als es ihm wieder einfiel, hastete er durch den gefrorenen Matsch. Er hatte rasch zur Apotheke laufen wollen. Eine ganze Liste von Medikamenten mußte er besorgen. Seine Großmutter war schwer krank. Wahrscheinlich lag sie im Sterben, aber das wollte er nicht wahrhaben. Ins Krankenhaus ließ er sie nicht, sondern pflegte sie selbst. Dabei halfen die treuen Tanten Soja und Vera. Aber sie waren selber alt und ermüdeten rasch. Andere als sie ließ die Großmutter nicht an sich heran.

Kirill war vor einigen Monaten aus Tschetschenien zurückgekommen. Dieser Krieg hatte ihn fünf Jahre seines Lebens und den letzten Rest seiner jugendlichen Illusionen gekostet. Er wußte, daß die Tschetschenienfrage binnen drei Tagen lösbar war. Es gab ausreichend Kräfte, um den Konflikt ein für allemal auszutreten. Aber ein langer Krieg war ein höchst einträgliches Geschäft. Das Blut achtzehnjähriger russischer Jungen aus Tula, Orjol oder Saratow wurde in Bündel von Dollars umgesetzt, in reines Gold, das in ausländischen Banktresoren landete. All die pathetischen Sprüche vom Kampf des freiheitsliebenden Volkes von Itschkeria um seine Unabhängigkeit, von den Rechten der russischsprachigen Bevölkerung oder der Sicherheit der Grenzen Rußlands waren nichts als ein Bluff. In Wahrheit ging es nicht um Demokratie oder Diktatur, nicht um religiösen Zwist, sondern um Drogen- und Waffenmärkte, um die Neuaufteilung von Einflußsphären, um ganz banale Verbrechen.

Als Kirill nach Tschetschenien kommandiert wurde, waren alle seine Illusionen über seinen Beruf längst dahin. Aber einen anderen hatte er nicht. Er kannte nur den Krieg. Nach Tschetschenien wurden Tausende Rekruten geworfen, denen vorbestimmt war, als Kanonenfutter zu enden. Er brachte ihnen bei, wie man kämpfte. Er wollte sie lehren, wie sie diesen Krieg überleben konnten.

Seine Hoheit der Staat konnte verschiedene Färbungen annehmen – rot, weiß oder braun. Es war nicht so wichtig, welche Fahne über einem wehte, bei welcher Hymne man strammzustehen hatte.

Für Kirill gab es seit Kindertagen eine einfache Formel: Der Staat garantiert Stabilität. Diese Wahrheit stellte er für sich nie in Frage. Ein Mensch, der Befehlen zu gehorchen hatte, seit er sieben Jahre alt war, mußte an etwas glauben. Mochte dies ein blinder Glaube sein, aber ohne ihn konnte er nicht leben.

In Tadshikistan hatte sein Glaube an den Staat einen tiefen Riß erhalten. Dann kam der Oktober 1993 in Moskau. Hauptmann Petrow diente in der Sondereinsatzgruppe »Omega«.

Der Befehl, das Weiße Haus in Moskau, den Sitz des gewählten Obersten Sowjets, zu beschießen und zu erstürmen, kam von Präsident Jelzin persönlich, dem das renitente Parlament mit seinen Debatten und Gesetzen zum Ärgernis geworden war.

Diese Geschichte ist von Journalisten, Politologen und Analytikern so lange und so häufig durchgekaut worden, daß sie kaum noch genießbar ist. Es gibt Tausende von Augenzeugen und Beteiligten. Sie alle sahen die Dinge mit eigenen Augen, aber niemand begriff, was dort ablief. Daran hat sich bis heute kaum etwas geändert.

Im übrigen war der Oktober 1993 nicht das erste und nicht das letzte absurde Geschehnis dieser Art in der russischen Geschichte. Die politischen Wirren zogen ungleiche Kräfte in ihren Strudel. Kirills Spezialeinheit erhielt den Befehl, das Weiße Haus mit Panzergranaten zu belegen, das heißt, aus Kanonen auf Spatzen zu schießen, die nicht von ihrer Futterkrippe, von Macht und Geld lassen wollten. Die bedauernswerten erschreckten Vögelchen erfüllten den Äther mit hysterischem Zwitschern, plusterten die grauen Federchen auf und verbreiteten Panik im Lande. Manche fanden das schrecklich, andere interessant, wieder andere gar komisch. Niemand aber hielt es für eine Schande. Niemand, außer den Offizieren der Sondereinsatzgruppe.

Das schlimmste ist, wenn man sich für den schämt, der solche Befehle gibt. Wenn man sich für den Staat schämen muß, an den man bisher fest und unerschütterlich geglaubt hat.

Kirill wartete nicht länger, daß man ihn zum Major beförderte, sondern schrieb sein Entlassungsgesuch. Viele seiner Kollegen taten es ihm gleich. Schmerzen, Hunger, Kälte und schlaflose Nächte hatten sie ertragen. Die Schande brachte das Faß zum Überlaufen.

Als er nach Tschetschenien ging, war er immer noch Hauptmann.

Einst hatte er nach zwei Zielen gestrebt, die sich nicht vereinbaren ließen: General zu werden und sein Wintermädchen zu heiraten. Das erste gab er nun leichten Herzens und ohne jedes Bedauern auf. Vom zweiten wollte er um nichts in der Welt lassen.

Jetzt aber mußte er zur Apotheke laufen. Großmutter durfte nicht lange allein bleiben.

Neujahr rückte näher, aber Vika wußte nicht, mit wem sie feiern sollte. Eine merkwürdige Lethargie hatte sie erfaßt, aus der sie sich nicht befreien konnte. Oder nicht befreien wollte.

Micho schlug vor, am 30. Dezember nach Wladiwostok zu fliegen und am 2. Januar zurückzukommen. Die erste Etappe der Behandlung war sehr gut verlaufen. Der Professor ließ ihn über die Feiertage nach Hause. Aber Vika sah schon die geschlossene Gesellschaft in dem luxuriösen Klub vor sich, die Ganovengesichter, die teuren Huren in den Abendkleidern, hörte das brüllende Gelächter und die Flüche. Alles wie im vergangenen Jahr und im Jahr davor. Sie hatte das einfach satt. Ihrem Mann sagte sie, ihre Mutter habe sie gebeten, über die Feiertage bei ihr zu bleiben. Ihr gehe es schlecht, und sie fühle sich einsam.

Micho war gekränkt, erhob aber keine Einwände.

In Wahrheit hatte Vikas Mutter sie um gar nichts

gebeten. Ihr ging es in letzter Zeit ausgezeichnet, und über Einsamkeit konnte sie sich wahrlich nicht beklagen. Die Witwe des Artisten hatte das Trinken aufgegeben, ihr Gesicht in Ordnung gebracht und sah nach einigen weiteren Operationen eher aus wie Vikas große Schwester. Sie hatte eine neue Affäre mit einem jungen Spund angefangen, mit dem sie in trauter Zweisamkeit Neujahr feiern wollte.

Vika konnte zwischen mehreren Möglichkeiten wählen. Ihre ehemaligen Studienkollegen trafen sich im Haus des Films. Sie war aufs Land, in ein Ferienhotel oder einfach nur zu Besuch eingeladen. Vika hatte inzwischen wieder viele Bekannte, Freunde und Freundinnen, aber von denen wollte sie keinen sehen.

Bestimmt war es das Alter. Sie hatte nun die Sechsunddreißig erreicht und war mit einem Mann verheiratet, der großen Einfluß besaß. Eigentlich fehlte es ihr an nichts, aber sie liebte ihren Ehemann nicht. Sie blieb bei ihm aus Dankbarkeit, Respekt, zuweilen Mitleid, auch wegen des Geldes, nur nicht aus Liebe. Eines hatte sie begriffen: Wenn sie Micho wirklich liebte, hätte er sie längst verlassen. Was er brauchte, war nicht die Frau, sondern der ewige Kampf um sie.

Von Beruf war Vika Theater- und Filmschauspielerin. Sie war in einigen billigen Filmen zu sehen gewesen und hatte Werbeaufnahmen für eine Bank gemacht, die bald darauf bankrott ging. Beim Fernsehsender des Fernen Ostens hatte sie eine wöchentliche Vormittagssendung. In Wladiwostok führte sie ein Theaterstudio für Waisenkinder, wo sie manchmal selbst unterrichtete und Märchenstücke inszenierte.

Wie sehr wünschte sie sich ein Kind! Dies waren jetzt die letzten Jahre, da sie noch hoffen konnte, ein gesundes Baby zur Welt zu bringen. Aber ihr Mann war unfruchtbar. Wäre ihm das nicht bewußt gewesen, dann hätte sie vielleicht Wege gefunden, um ihn zu hintergehen. Doch eigentlich mußte sie sich von ihm trennen. Sie sah immer deutlicher, daß Micho nicht der richtige Mann für sie war. Sie führte das Leben einer anderen und verlor dabei ihr eigenes. Geld, Kleider, schicke Autos, der Urlaub in einem Fünf-Sterne-Hotel auf den Kanaren – das war alles toll, und Millionen Frauen hätten Vika für verrückt erklärt und gemeint, daß es ihr zu gut gehe, wenn sie das alles aufgab. Manchmal verstand sie sich ja selber nicht.

Moskau lebte in Erwartung der Feiertage. Die ersten

Knallkörper platzten, Schaufenster strahlten im Glanz der Werbung, die Menschen stapften tapfer durch den Schneematsch und kletterten über die Berge von Schnee an den Straßenrändern, brachen sich Absätze und Beine. Die Stadt roch nach Mandarinen, Parfüm, Benzin, Auspuffgasen und frierenden Obdachlosen. Vika ließ ihren Wagen auf einem bewachten Parkplatz in der Nähe der Metrostation »Arbatskaja« stehen. Sie wollte noch rasch Geschenke für Micho, ihre Mutter und einige Freunde kaufen. Zwar wußte sie immer noch nicht, wo sie Neujahr feiern würde, aber ein neues Kleid und neue Schuhe mußten schon sein.

Ein Bummel durch die Geschäfte hilft sehr gegen depressive Stimmung, besonders wenn man Geld hat und sich alles leisten kann. Vika besuchte die teuersten Boutiquen, wo sich niemand drängte, wo die Verkäuferinnen höflich grüßten, ihr lächelnd eine Tasse Kaffee anboten und ihre Schätze ausbreiteten. Für Micho wählte sie ein elegantes Zigarettenetui aus in Gold gefaßtem Krokodilleder von Dupont. Ihre Mutter sollte eine winzige goldene Uhr von Cartier bekommen. Sie kaufte eine Menge teurer Kosmetik, roch an vielen Flakons, probierte Dutzende Abendkleider. Schließlich entschied sie sich für ein schmales, langes, schulterfreies Kleid aus roter Seide von Dior. Dazu kamen eine passende Handtasche und Schuhe.

»Wenn eine Frau etwas in Rot kauft, heißt das, sie ist bereit, ihr Leben zu verändern«, meinte die junge, gestylte Verkäufern und lächelte vieldeutig.

Als alles erledigt war, gönnte sich Vika in der Cafeteria des Handelszentrums noch eine Tasse Kaffee und ein Glas frisch gepreßten Ananassaft. Dabei sagte sie sich, bei ihr sei alles bestens. An ihrem Leben etwas ändern? Unsinn.

Erschöpft von all den Anproben, Gerüchen und dem Geplapper der Verkäuferinnen, mit ihren Einkäufen beladen und beinahe glücklich, ging sie zu ihrem Wagen.

Auf der Treppe zum Fußgängertunnel am Arbat handelte man mit jungen Katzen, Hunden, Schildkröten und Meerschweinchen. Die Stufen waren schlüpfrig, und Vika stieg auf ihren hohen Absätzen vorsichtig hinab, ohne nach links oder rechts zu blicken.

»Dieses Hündchen müssen Sie sich anschauen, meine Dame«, hörte sie plötzlich neben sich eine tiefe Frauenstimme sagen.

Eine stark geschminkte Person von etwa sechzig Jahren blickte Vika unverwandt an. Sie hielt ein winziges Etwas im Arm, das in ein graues Tuch gehüllt war. Obwohl sie einen abgeschabten Kaninchenfellmantel und schief getretene Stiefel trug, erkannte man sofort, daß es eine Dame war. Das billige Make-up und die nicht zu übersehenden Symptome einer Trinkerin hatten die Spuren früherer Schönheit nicht völlig verwischen können. Sie hielt sich kerzengerade und sprach sehr gewählt.

»Nein, danke«, gab Vika lächelnd zurück und schüttelte den Kopf. Sie ging aber nicht weiter, sondern hielt einen Moment inne und griff in ihre Handtasche. Wenigstens einen Schein wollte sie der Unglücklichen in die Hand drücken.

»Schauen Sie nur genauer hin«, beharrte die Dame und schlug das Tuch für einen Moment zurück. Vika erblickte ein weißes Schnäuzchen und ein zartes, dünnes Ohr.

»Ein Slughi?« fragte sie ungläubig.

»Ein Slughi.« Die Dame nickte. »Ein Hundemädchen. Drei Monate alt. Ich habe sie Greta getauft. Aber Sie können den Namen natürlich ändern.«

Das Handy in der Tasche schrillte. Es gab keine Kennung an. Kirill vernahm eine hohe, heisere Stimme, die er an der Ausdrucksweise des Besitzers sofort erkannte. Der Anrufer hieß bei allen nur Lesch – wie Brasse, die Fischart. Niemand kannte seinen wirklichen Namen. Den Spitznamen trug er, seit er als Minderjähriger das erste Mal eingesessen hatte. Schon der Ton sagte Kirill, daß es um den wichtigen Auftrag ging, den er seit längerem erwartete.

Großmutter schlief. Er schaute auf die Uhr. In zwanzig Minuten mußte Tante Vera hier sein. Sie wollte einige Tage bleiben und mit ihnen gemeinsam Neujahr feiern. Ihr Haus wurde saniert, und sie hatte den ständigen Lärm satt.

»Heute halb neun am üblichen Platz«, sagte Kirill rasch.

Für gewöhnlich trafen sie sich in der Sauna. Aber sie schwitzten nicht zusammen, sondern saßen nur in einem Ruheraum der Luxusklasse und redeten. In ganz Moskau gab es wenige Orte, wo Kirill und Lesch ruhig und entspannt miteinander sprechen konnten, ohne Wanzen und andere Überraschungen fürchten zu müssen.

Kirill war eine Viertelstunde früher da, um ein wenig

zur Ruhe zu kommen und sich auf das Gespräch einzustellen. Aber daraus wurde nichts. Auch Lesch tauchte früher auf. Mit der Zeit nahm er es nie so genau.

»Nun, Kirill, zur Brasse ein Bier?« fragte der Saunadiener grinsend, als die vierschrötige Gestalt im Türrahmen auftauchte.

»Lieber einen Tee, ich muß noch fahren«, antwortete Kirill.

Der Saunadiener nickte und schloß die Tür. Lesch würdigte er keines Blickes.

Der musterte mit flinken Äuglein die gemütliche Umgebung und dann Kirill. Sein Blick schien immer das gleiche zu sagen: Was gibt's hier zu holen? Dabei blieb sein langes Gesicht völlig ausdruckslos.

Lesch ließ sich auf dem Rand der Couch nieder. Seine Gelenke knackten.

»Bei Mitja in der Werkstatt ist ein Kerl aufgekreuzt«, teilte Lesch träge mit, schnalzte mit der Zunge und drehte seinen Ring mit dem falschen Brillanten am Finger. Dabei warf er Kirill einen listigen Blick zu, als wollte er abschätzen, ob der es wert sei, alles zu hören, was er wußte.

Kirill kannte diese Ganoventricks – die Kunstpausen,

das Schnalzen, das verschwörerische Grinsen und Augenzwinkern. Er wartete schweigend, bis sein Gegenüber damit fertig war.

»Der Kerl soll ein alter Kumpel von Mitja aus Wladiwostok sein. Wer er ist – keine Ahnung. Haben über Eisen gequatscht«, fuhr Lesch fort und griff sich eine Zigarette aus Kirills Packung. »Der scheint's dolle nötig zu haben.«

»Viel?« fragte Kirill leise zurück und warf Lesch sein Feuerzeug über den Tisch zu. Der fing es geschickt auf, zündete sich die Zigarette an, gab es aber nicht zurück.

Das läßt er mitgehen, dachte Kirill bei sich, steckt es wie zufällig ein.

»Keine Ahnung«, meinte Lesch gleichmütig und zuckte die dürren Schultern.

Er zog die Sache hin, vielleicht weil er Angst hatte, vielleicht aber auch, weil er den Preis für seine Nachricht in die Höhe treiben wollte. Der Saunadiener brachte zwei Gläser Tee, Zucker und Zitronenscheiben auf einem Tellerchen.

»Er will besonderes Eisen«, nahm Lesch den Faden wieder auf, als die Tür ins Schloß gefallen war. »Nur ein Rohr. Mit Schalldämpfer. Für Scharfschützen. Dazu einen Schießtrainer. Nu rück schon was raus, sei nicht knickrig. Für dich sind mindestens fünfzig drin, wenn nich mehr.«

»Wenn ich die habe, kriegst du deins«, versprach Kirill. »Was gibt's noch über den Kerl?«

»War so 'n Gnom mit Platte und vier Augen. Seine Karre ist ein Ford, kein neuer. Hat sich 'ne Hütte in Moskau genommen, in Sokolniki. 'n Kumpel von Mitja. Das is alles.«

Kirill war nun klar, daß Lesch wirklich alles gesagt hatte. Und es war das, was er hören wollte. In einer Autowerkstatt für ausländische Marken in Beljajewo, die dem bekannten Bandenchef Valeri Bubnow aus dem Fernen Osten gehörte, war ein kleiner, kahlköpfiger Mann mit Brille aufgetaucht. Er hatte ein vertrauliches Gespräch mit dem stellvertretenden Chef der Werkstatt, dem ehemaligen Kriminellen Mitja, geführt, der ebenfalls aus dem Fernen Osten kam. Der Kahlkopf mit Brille hatte nach einer Spezialwaffe, einem Scharfschützengewehr mit Zielfernrohr, gefragt. Davon benötigte er ein einziges Exemplar. Wichtig war aber nicht so sehr die Waffe als vielmehr der Schießtrainer. Das bedeutete, der Mann war eigens aus Wladiwostok nach

Moskau gekommen, um hier einen Berufskiller anzuheuern.

»Du willst also wirklich nicht mit mir fliegen?« fragte Micho, als Vika in der Klinik auftauchte.

»Nein«, antwortete sie seufzend.

»Was ist bloß los mit dir?«

»Nichts. Alles in Ordnung.«

»Was machst du zu Neujahr?«

»Hab ich doch schon gesagt: Ich werde mit meiner Mutter zu Hause sitzen.«

Sie hatte sich auf seinem Bettrand niedergelassen. Mit seinen entzündeten Augen schaute er ihr lange schweigend ins Gesicht. So ungepflegt und unrasiert erinnerte er sie an den jungen, schüchternen Kerl, der vor fünfzehn Jahren zum ersten Mal vor ihrer Tür gestanden hatte.

Die Tatoos von damals waren längst beseitigt. Seine Goldkronen hatte er durch erstklassige Zähne aus Keramik ersetzen lassen. Er trug keine dicken Ringe und schweren Goldketten mehr, hatte einen akkuraten Haarschnitt, wusch sich das Haar täglich mit teurem Shampoo und benutzte herbes Eau de Toilette. Das Tapsige,

Ungeschlachte war verschwunden. Er achtete auf die Figur und trainierte regelmäßig, damit er keinen Bauch bekam. Auch seine Ausdrucksweise war viel zivilisierter geworden. Er fluchte nur noch, wenn er sehr nervös war.

»Hab' gehört, deine Mutter hat schon ihren Zeitvertreib«, meinte er beiläufig. »Vielleicht kommst du doch mit?«

Ja, natürlich, hätte sie beinahe gesagt, natürlich, Micho. Verzeih mir. Ich bin eine dumme Gans. Weiß selber nicht, was ich will.

Aber da regte sich Greta in der weichen Tasche, die sie auf den Knien hielt. Zuerst kam das Schnäuzchen hervor, dann die Pfoten. Das Hündchen streckte sich, wackelte mit den Ohren, kam ganz heraus und krabbelte augenblinzelnd über Michos Bettdecke.

»Was ist denn das?« rief der und staunte nicht schlecht. »Du hast doch gesagt, nach Greta gibt es für dich keinen Hund mehr!«

»Das ist Greta«, sagte Vika lächelnd und nahm das winzige Geschöpf hoch. »Schau nur, wie hübsch sie ist.«

»Ja, ganz nett«, stimmte ihr Micho gleichmütig zu und griff nach seinem Handy, das schon mehrere Minuten lang vor sich hin trällerte.

Vika hörte, wie er fluchend seine Anweisungen gab, die Probleme seines fernöstlichen Reiches löste, lobte und verurteilte.

Und wovon wirst du leben? dachte sie bei sich. Wieviel hast du erst gestern für allen möglichen Unsinn ausgegeben? Wessen Geld war das?

Greta kniff ihr mit scharfen Zähnchen in den Zeigefinger, den sie für eine Zitze ihrer Mutter hielt.

»Dann nimm ihn dir doch zur Brust, verdammt noch mal! Hast du vergessen, wie man das macht? Muß ich's dir erst zeigen? Nein, er muß für die ganze Lieferung geradestehen. Da war kein Ausschuß dabei! Und wenn doch, dann ist das jetzt sein Problem.«

Während Micho sprach, ließ er den Blick nicht von Vika. Sie tat so, als bemerke sie nicht, wie sorgenvoll er sie anschaute. Nein, er hegte keinen Verdacht. Wenn ein Fremder an ihrer Seite aufgetaucht wäre, hätte man ihm das sofort gemeldet. Aber er spürte, wie sie ihm entglitt. Er konnte sie zwingen, mit ihm nach Wladiwostok zu kommen. Er konnte ihr auf der Stelle vor den beiden Leibwächtern Pullover, Rock und Strumpfhose herunterreißen. Sie gehörte ihm, war ganz und gar sein Eigentum. Aber zugleich hatte sie eine Macht über ihn, wie noch niemand sie je gehabt hatte. Während er ins Telefon sprach, fuhr er ihr mit der freien Hand durchs Haar. Die Spange öffnete sich und fiel zu Boden. Eine warme, weiche Welle fiel auf seinen Arm, kitzelte und schmeichelte. Zugleich fühlte er, wie sich ihr ganzer Körper unter seiner Berührung anspannte.

Aus dem Hörer kam die erregte, sich überschlagende Stimme eines Zolloffiziers aus dem Hafen. Er beklagte sich, daß die Tschetschenen von ihm forderten, er solle eine große Menge Heroin freigeben, die man im Laderaum eines Fischkutters entdeckt hatte. Sonst werde es seiner Familie schlecht ergehen.

Vika spielte noch immer mit dem Hündchen. Micho beruhigte den Zollbeamten und wies dann an, dessen Frau und den beiden Kindern Leibwächter zuzuteilen. Mit dem Heroin konnte man den Bullen mehrere wichtige Tschetschenenführer in die Hände liefern.

Endlich legte er das Handy beiseite und spielte weiter versunken mit Vikas weichem Haar.

»Ich frage dich jetzt zum letzten Mal, kommst du mit, oder bleibst du hier?«

»Ich weiß nicht.«

Spohn nahm nicht sofort Kontakt auf. Er wollte sich den Kerl erst einmal anschauen, bevor er ihn ansprach. Der sah so aus, wie man sich den ehemaligen Offizier einer Sondereinheit vorstellte, der den Staatsdienst satt hatte und endlich gut leben wollte.

Auf dem Parkplatz am Moskauer Außenring in der Nähe des Silberwaldes war er in einem kirschroten Jeep aufgetaucht. Er sprang federnd aus dem Wagen und steckte sich eine »Parlament« an.

Die kräftigen Schultern steckten in einer teuren, weichen Lederjacke. Am linken Handgelenk trug er eine goldene Rolex, am rechten baumelte ein schweres goldenes Kettchen. An der Hand blitzte ein dicker Ring mit einem echten Brillanten. Was Spohn sah, hatte er erwartet. Zugleich verwirrte es ihn ein wenig. Das ging ihm alles zu glatt. Zu schnell hatte er den Mann gefunden, den er brauchte.

Andererseits: Warum sollte er an seinem Erfolg zweifeln? Schließlich war es keiner, den das Schicksal ihm zugeworfen hatte wie dem blinden Huhn, das auch einmal ein Korn findet. Nein, er hatte ihn sich mit Jahren gefährlicher Arbeit, mit Erfahrung und Geist redlich verdient. Es passierte ihm immer wieder, daß er sich unterschätzte. Das Problem waren weder das Schicksal noch der Erfolg, sondern ausschließlich er selbst. Er hatte alles genau berechnet und deshalb auf Anhieb den richtigen Mann gefunden.

Für eine wirkliche Tiefenprüfung blieb keine Zeit. Die Tschetschenen hatten ihm eine harte Bedingung gestellt: Bis Neujahr mußte er den Killer finden, ihm die notwendigen Informationen liefern und einen Vorschuß zahlen.

Das alles paßte Spohn überhaupt nicht. Solche Hektik war er nicht gewohnt. Der Auftrag, die Übergabe von Informationen und Geld – das war für ihn, den »Dispatcher«, der wichtigste und zugleich riskanteste Teil der ganzen Aktion. Aber hier sagte ihm seine Intuition, daß er einen Einzelgänger vor sich hatte, dem er vertrauen konnte.

Sie begrüßten sich mit Handschlag und gingen gemeinsam die menschenleere Allee entlang. Unter ihren Füßen knirschte der Schnee. Spohn stellte zunächst einige Fragen, mit denen er herausfinden wollte, ob der Kerl wirklich etwas von Waffen verstand. Der konnte ein spöttisches Lächeln nicht verbergen. Er spürte, daß er wie ein Anfänger examiniert wurde, war aber nicht beleidigt. Spohn gab ihm dafür in Gedanken die Höchstnote.

Den Lebenslauf des Mannes kannte er bereits. Kadettenschule, Hochschule des KGB, Afghanistan, Tadshikistan, Tschetschenien. Aus den bewaffneten Organen ausgeschieden, auf der Suche nach Arbeit in einer Sicherheitsfirma. Viele Angebote, aber noch keine Entscheidung. Er stellte wohl zu hohe Forderungen. So jedenfalls hatte es Mitja ihm erklärt. Der Anwärter bestätigte das.

Wäre nicht diese Eile gewesen, dann hätte Spohn ihn nach allen Regeln der Kunst überprüft. Er hätte ihn mindestens einen Monat lang überwachen lassen, um seine Kontakte, seine Bekannten und seine Lebensweise kennenzulernen. Aber diesen Monat Zeit hatte er nicht. Daß die Tschetschenen ständig anriefen, ihn aufsuchten und drängten, machte Arthur nervös. Der Schütze indessen flößte Vertrauen ein. Von ihm ging etwas Beruhigendes aus. Arthur beschloß, sich auf das Risiko einzulassen.

Spohn hatte versprochen, den Vorschuß zu dem Treffen mitzubringen. Als der Schütze die Summe hörte, wollte er handeln. Das beruhigte Arthur endgültig. Er entspannte sich und ließ sich aufs Feilschen ein. Informationen über das Opfer gab er nur tröpfchenweise von sich, als wollte er, daß dem Schützen die Schwere des Auftrages nicht sofort bewußt werde.

Handeln war Arthurs Metier. Stundenlang konnte er von Geld reden, Summen abwägen, sie gleichsam mit der Zunge prüfen, als gehe es um eine seltene Delikatesse. Schließlich zeigte der Schütze Zeichen von Unruhe. Er schaute demonstrativ auf die Uhr, holte den Autoschlüssel aus der Hosentasche und ließ ihn ungeduldig um den Finger kreisen.

»Also gut«, willigte Spohn ein. »Keine Sorge. Du bekommst alles auf höchstem Niveau und mit Eilzuschlag. Die Sache ist sehr ernst.«

Ernster geht es wohl nicht, dachte Kirill bei sich, als er auf die Leningrader Chaussee einbog. Das entscheidende Treffen mit Spohn sollte am nächsten Tag stattfinden.

Micho schnallte sich eine kugelsichere Weste unter die Jacke. Während er von der Haustür der Klinik zu seinem gepanzerten Jeep ging, mußte er an Kowal denken. Heute verstand er seinen toten Freund besser. Draußen heulte ein Schneesturm. Sobald die scharfen Kristalle sein Gesicht peitschten, begannen die Augen wieder zu brennen, als hätte es die Behandlung nie gegeben.

»Wenn du ständig angespannt bist, können wir noch mal von vorn anfangen«, hatte ihm der Professor erklärt. »Angst und Streß schwächen das Immunsystem, und die Heilung dauert länger.«

Vika erwartete ihn im Wagen. Sie hatte sich entschieden, nicht mit ihm zu fliegen. Aber auf den Flugplatz wollte sie ihn begleiten. Er setzte sich neben sie auf die Rückbank. Sie tupfte ihm das nasse Gesicht mit einem Papiertaschentuch ab.

»Du hast noch eine Stunde, um es dir zu überlegen«, meinte er.

»Was soll ich mir überlegen?«

»Ich möchte immer noch, daß du mitkommst. Seit wir zusammen sind, haben wir noch nie ein Neujahr getrennt gefeiert.«

»Hör auf, Micho, es sind nur drei Tage. Du weißt doch, wie schlecht ich das Fliegen vertrage, und Greta geht es bestimmt nicht besser. Ich darf sie nicht in die Kabine mitnehmen. Greta muß in einen Käfig und wird im Gepäckraum abgestellt. Kannst du dir vorstellen, wie sie sich dort fühlt? Der Flug ist so lang, und sie ist noch so klein.«

»Natürlich kannst du Greta in die Kabine mitnehmen. Sie schläft auf deinem Schoß und bekommt überhaupt nichts mit.«

»Was redest du da?«

»Ich hab' ein Ticket für dich in der Tasche.«

»Und mein Paß?« Vika öffnete ihre Handtasche. »Ich habe keinen Paß dabei.«

»Das stimmt. Den kannst du auch gar nicht haben. Er liegt in meiner Tasche.«

»Nein, Micho, so geht das nicht. Ich bin nicht vorbereitet, ich habe nichts gepackt, außerdem habe ich versprochen …«

»Wem hast du was versprochen?« Er hielt ihr sein Telefon hin. »Ruf an und sag ab.«

Der Jeep geriet in einen Stau. Draußen tobte der Schneesturm. Sie konnte niemanden anrufen. Über Neujahr hatte sie allein sein wollen. Das hatte es noch nicht gegeben. Sie hatte sich vorgenommen: Wenn es ihr gelang, so ins neue Jahr zu kommen, wie sie es wollte, dann wurde alles anders. Dann wollte sie anfangen, sich aus dem ewigen Frostboden herauszugraben, in dem sie gefangen war. Wie, das wußte sie noch nicht so genau. Aber sie spürte, daß etwas geschehen mußte. Man kann nicht ewig bei einem Menschen bleiben, den man nicht liebt. Man kann nicht ihn und sich ewig belügen. Natürlich war das jetzt nicht der passende Moment, um sich zu trennen. Micho wurde gejagt und hatte kranke Augen. Aber kein Moment war der passende.

»Wenn du willst, gehen wir diesmal nicht in den Klub«, lockte er und legte seine Lippen an ihr Ohr. »Wir bleiben zu Hause und laden keinen ein.«

Bevor sie antworten konnte, erklang aus dem Handy der Säbeltanz. Das hieß, ein hochwichtiger Anruf vom Chef seines Sicherheitsdienstes stand an. Micho lauschte eine Weile schweigend in den Hörer und zischte dann durch die Zähne:

»Mach ihn fertig, damit den anderen die Lust vergeht!«

Wieder läßt er einen umlegen, dachte Vika.

»Ich sehne mich so nach dir …« Micho fuhr mit seinem Finger über ihre Lippen. »Eine gute Idee, wir zwei allein zu Haus.«

Gott bewahre mich vor diesem Alptraum! schrie es in Vika, die bei dem Gedanken tief in ihrem Inneren erschauerte. Ich kann mich nicht mehr verstellen. Soll ich es ihm jetzt gleich sagen? Den Wagen halten lassen und aussteigen?

Michos Finger waren von ihren Lippen über die Wangen zum Nacken weitergewandert. Sie saßen zwischen zwei Leibwächtern. Die hatten sich abgewandt und schauten angestrengt in das Schneetreiben hinaus. Der Jeep saß immer noch fest. Um sie herum hupten gestreßte Autofahrer.

Ich kann nicht mehr, ging es Vika wieder und wieder durch den Kopf.

»Ich will dich haben, meine Schöne! Ich laß dich keinem! Wenn du von mir weggehst, leg' ich dich um«, flüsterte Micho.

Das bringt er fertig, dachte Vika niedergeschlagen.

Als würde sie ihre Verzweiflung spüren, regte sich Greta in ihrem Schoß und jaulte kläglich.

Wenn ich jetzt mit ihm fliege, komme ich nie von ihm los. Ich werde mein Leben an der Seite eines fremden Menschen beschließen. Was bleibt mir dann noch? Darauf zu warten, daß er umgebracht wird? Darüber werde ich wahnsinnig. Ich will ja nicht, daß er stirbt. Aber ich kann auch nicht länger mit ihm leben.

Bei einem der Leibwächter klingelte leise das Handy.

»Alles klar«, sagte er und entschloß sich, seinen Herrn anzusprechen.

»Micho, das war ein Anruf aus Domodedowo. Der Abflug ist auf morgen verschoben. Was machen wir?«

»Wir nehmen einen anderen Flug, der noch heute geht«, antwortete Micho und ließ seine Finger in den Ausschnitt von Vikas Pullover gleiten.

»Es gibt keinen Flug nach Wladiwostok. Keine verdammte Maschine startet. Du siehst doch, wie es draußen weht. So soll das Wetter bis zum 1. Januar bleiben.«

Spohn bewegte sich vorsichtig über die dünne Schneeschicht, unter der er Eis vermutete. Der Schneesturm nahm ihm fast jede Sicht. Seine teuren Halbschuhe waren völlig durchnäßt.

Zu dem Treffen mit dem Schützen wollte er eine halbe Stunde früher erscheinen. Unterwegs prüfte er immer wieder, ob ihm niemand folgte, und ließ den Wagen fernab von dem vereinbarten Punkt stehen. Er kämpfte sich am Rande der Chaussee durch die Schneewehen und war bald völlig naß und durchgefroren. Bis zum Treffen blieben noch zwanzig Minuten.

Ringsum keine Menschenseele. Arthur tröstete sich damit, daß er einen idealen Ort ausgewählt hatte. Es war zwar kalt, weit und breit gab es keinen Schutz vor dem Wind, dafür war die Gegend über einen Kilometer im Umkreis zu überblicken.

Der Schütze erschien pünktlich auf die Minute.

»Also«, begann Spohn zähneklappernd, »dein Mann heißt Micho.«

»Ein Georgier?« fragte der Schütze.

»Nein. Das ist sein Spitzname. In Wirklichkeit heißt er Ilja Michonin. Hier sind Handynummer und Foto.« Er hielt seinem Gegenüber ein kleines Kuvert hin.

Auf dem Polaroidfoto war Micho bei einem Gelage in fröhlicher Runde zu sehen. Mit einem trunkenen Grinsen hockte er zwischen zwei Mädchen, einer Blondine und einer Brünetten.

»Er ist kräftig, untersetzt und etwa einsachtzig groß. Im Moment hält er sich in Moskau auf. Er liegt in der Augenklinik und kommt nicht raus«, sprach Spohn mit leiser Stimme weiter und leckte sich die tauenden Schneeflocken von den Lippen.

»Er verläßt die Klinik überhaupt nicht?« fragte Kirill.

»Nein. Gestern wollte er angeblich über die Feiertage

nach Wladiwostok fliegen. Aber er ist nicht in Domodedewo angekommen, sondern unterwegs umgekehrt. Warum, weiß ich nicht.«

»Kein Flugwetter«, murmelte Kirill, steckte das Foto zurück in den Umschlag und hielt ihn Spohn wieder hin.

»Was soll das?« Arthur verschränkte die Hände hinter dem Rücken, um zu zeigen, daß er das Kuvert nicht nehmen wollte.

Kirill steckte es Spohn in die Jackentasche.

»Hör auf mit dem Quatsch!« rief Arthur erschrocken. »So geht das nicht, verdammt noch mal!«

»Richtig.« Kirill nickte. »So geht das nicht. Du, Arthur, machst mir vielleicht Spaß! Vergibst einen Auftrag, aber über den Mann weißt du nichts. Ein Bildchen und zwei Telefonnummern, das soll alles sein?«

Arthur meinte, der Schütze wolle den Preis noch weiter hochtreiben, und erklärte mit einem schweren Seufzer: »Fünfundzwanzig.«

»Fünfzig«, gab der Schütze rasch zurück.

Lange feilschten sie hin und her. Schnee, Kälte und nasse Füße waren vergessen. Schließlich einigten sie sich auf 40 000 Dollar. 15 000 als Vorschuß und 25 000 nach

Erfüllung des Auftrages. Arthur zog den Umschlag wieder aus der Tasche und hielt ihn dem Schützen hin.

»Du irrst dich«. Kirill lächelte milde. »Ich will ein anderes Kuvert. Das da hab' ich schon gesehen.«

»Na und? Brauchst du das Foto und die Telefonnummern nicht?« fragte Arthur erstaunt zurück.

»Ich brauche sie nur zusammen mit dem Vorschuß.«

»Ach, um das Geld geht es dir?« erwiderte Arthur, nahm die Mütze vom Kopf, klopfte den Schnee ab und setzte sie wieder auf. »Um das Geld mach dir mal keine Sorgen. Das kommt dann schon. Hauptsache, wir sind uns einig. Ran die Arbeit! Er wird über Neujahr wohl kaum in der Klinik bleiben wollen. Er kommt bestimmt raus und fährt in irgendeinen Klub. Dann mußt du bereit sein. Am besten, du erwartest ihn vor der Klinik. Das Haus gegenüber hat einen passenden Dachboden. Check vorher alles genau ab ...«

»Erst das Geld«, unterbrach ihn der Schütze, »dann der Boden.«

»Ich hab' doch gesagt, keine Sorge. Ich mag keine großen Summen mit mir rumschleppen«, kam es von Spohn. »Wart ab bis morgen. Morgen früh treffen wir uns, und du bekommst deinen Vorschuß.«

»Nein, daraus wird nichts!« erklärte der Schütze entschieden und schaute auf die Uhr. »Wie lange brauchst du, um das Geld herbeizuschaffen?«

»Jetzt gleich?«

»Wann denn? Ich soll doch anfangen! Also mach hin und verlier keine Zeit.«

»Hierher soll ich es bringen? Die ganzen 15 000?«

»Na klar.«

»Hier ist es saukalt, wir haben Schneesturm. Und du willst zwei Stunden hier warten?«

»Klar.«

»Und die Staus? Weißt du, was jetzt auf den Straßen los ist? Was drängelst du denn so? Das Geld kommt, das verspreche ich dir.«

»Jetzt reicht's!« erklärte der Schütze kategorisch. »Soll ich es nun machen oder nicht?«

»Natürlich sollst du! Aber versteh doch, da ist ein kleines Problem. Ich hab' nicht mal Geld für Benzin dabei, und mein Tank ist fast leer.«

»Zum Tanken kriegst du von mir einen Hunderter.«

»Darum geht's doch gar nicht. Ich hab' einfach Angst, daß ich auf der Kaschirsker Chaussee steckenbleibe.«

»Dann nimm den Außenring.«

»Da kenn' ich mich nicht aus.«

»Du fährst bis zum Verkehrsposten, dann nach rechts und immer geradeaus bis zur ersten Ampel.«

Der Schütze mußte den Weg lange erklären. Spohn war plötzlich sehr begriffsstutzig geworden.

»Also, beim Verkehrsposten nach links?« fragte er töricht.

»Nach rechts. Sag mal, Dispatcher, du willst in Moskau arbeiten und kennst dich nicht aus?«

Natürlich kannte Spohn sich aus. Er hatte einfach einen unangenehmen Charakterzug, der einem Mann seiner Profession sehr hinderlich werden konnte. Es bereitete ihm geradezu körperliche Schmerzen, Geld aus der Hand zu geben. Selbst wenn die Lage glasklar war und es nur noch darum ging, ein Bündel Geldscheine aus der Tasche zu ziehen und sich davon zu trennen, zögerte er, als glaubte er, der Partner werde vielleicht nicht ans Geld denken. Als er sich zu dem Treffen mit dem Schützen aufmachte, hatte er das Kuvert mit dem Vorschuß bereits in die Innentasche seiner Jacke gesteckt. Allerdings lagen darin nicht 15000 sondern nur 10000 Dollar. Dann hatte er es wieder herausgenommen und in das

Versteck unter dem Spülbecken in der Küche zurückgelegt. Was er sich dabei gedacht hatte, ist schwer zu sagen. Wahrscheinlich gar nichts. Seine Gier hatte über den Verstand gesiegt.

Als der Schütze außer Sichtweite war, lief er rasch zu seinem Wagen. Er war mit sich zufrieden. Das war doch eine ausgezeichnete Überprüfung. Hätte der Schütze eingewilligt, ohne Vorschuß an die Arbeit zu gehen, wäre das ein schlechtes Zeichen gewesen. Wenn er die Sache gut und lautlos erledigte, konnte man wieder einmal auf ihn zurückkommen.

Die Fahrt nach Sokolniki und zurück dauerte nicht so lange, wie er gedacht hatte. Als Spohn wieder auftauchte, stand der Schütze völlig eingeschneit zwischen den dürren Kiefern am Rande des Ödlandes. Aber er hatte rote Wangen und war guter Dinge. Arthur lief auf ihn zu. Der Schütze nahm wortlos das Kuvert mit dem Foto und den Umschlag mit dem Geld, zählte sorgfältig nach und steckte beides in die Innentasche seiner Lederjacke.

»Alles klar. Wenn ich ihn umgelegt habe, soll ich dich anrufen, oder erfährst du davon?«

»Ich werde es wissen. Fang nur bald an.«

»Die Sache läuft.« Der Schütze zwinkerte ihm fröhlich zu und meinte lachend: »Du kannst schon die Musik bestellen. Einen Trauermarsch.«

»Nimm's nicht so leicht«, ermahnte ihn Spohn.

Plötzlich wurde sein Blick starr vor Schreck. Durch den Schneesturm stürzten Gestalten auf ihn zu. Viele Gestalten. Eine Sekunde später drehte ihm einer bereits die Arme auf den Rücken. Handschellen klickten.

Kirill fuhr mit dem Jeep ins Büro zurück. Wie schade, daß der Wagen nicht ihm gehörte und er nie so einen besitzen würde. Die Rolex und die restliche Gangsterausstattung mußte er wieder in der Kammer abgeben, wo er sie gegen Unterschrift empfangen hatte. Davon trennte er sich ohne Bedauern. Bei dem Jeep war das etwas anderes.

Der Staatsanwalt, der Micho noch am selben Abend in der Klinik aufsuchte, teilte ihm mit, auf ihn sei ein Mordanschlag geplant gewesen, den man habe verhindern können. Den Killer habe ein Offizier gespielt, der den Vermittler zur Übergabe von Geld und Foto verleitete, weshalb man diesen auf frischer Tat festnehmen konnte.

»Im Grunde sind Sie zum zweiten Mal geboren worden«, erklärte der Staatsanwalt. »Künftig sollten Sie allerdings vorsichtiger sein. Ich rate Ihnen, zunächst in Moskau zu bleiben. Hier haben wir die Lage einigermaßen unter Kontrolle.«

Vika hatte alles mit angehört. Als der Mann gegangen war, brach sie in Tränen aus.

»Na, na«, suchte Micho sie zu beruhigen, »jetzt ist doch alles in Ordnung.«

»Ich weine vor Freude.«

Das war die reine Wahrheit. Sie weinte wirklich vor Freude. Micho schwebte nicht mehr in Lebensgefahr. Wenn sie ihn jetzt verließ, dann mußte sie sich nicht wie eine Verräterin fühlen, die ihren Ehemann in der Gefahr verließ. Am liebsten hätte sie den unbekannten Offizier geküßt. Er hatte Micho das Leben gerettet und damit auch ihr die Chance gegeben, endlich mit dieser Komödie Schluß zu machen. Die innere Erstarrung, die sie in den letzten Tagen so gequält hatte, war wie weggeblasen.

Neujahr wollte Micho nun in einem exklusiven Moskauer Klub feiern. Vika hatte versprochen, um 23.00 Uhr dort zu sein. Dabei wußte sie genau, daß sie nirgendwohin fahren, sondern zu Hause bleiben würde. Sie wollte ihn auf seinem Handy anrufen und ihm alles sagen. Am Telefon fiel ihr das leichter.

Um halb elf fiel ihr ein, daß sie keinen Tannenbaum hatte. Dann erinnerte sie sich, daß in der Abstellkammer noch ein kleiner aus Plastik herumliegen mußte. Sie fand ihn tatsächlich, schmückte ihn mit blinden Glaskugeln und silbernem Lametta. Sie stellte eine Flasche Sekt auf den Tisch. Essen wollte sie nichts. Nur trinken. Aus einem unerfindlichen Grund war ihr siedend heiß.

Sie nahm eine kalte Dusche, frisierte und schminkte sich und zog das neue rote Kleid an. Dann legte sie Tschaikowskis »Nußknacker« auf. Erst wenn diese Musik erklang, war seit Kindertagen für sie wirklich Neujahr.

Um fünf nach elf klingelte das Telefon. Sie wußte, daß es Micho war. Sie wollte schon nach dem Hörer greifen, zog die Hand aber wieder zurück und nahm nicht ab. Sofort trillerte das Handy.

Ich muß Greta ausführen, sagte sich Vika, sonst will sie hinaus, wenn es gerade zwölf schlägt. Das ist meine letzte Lüge, Ehrenwort. Und eigentlich ist es keine echte Lüge, denn Greta muß wirklich hinaus.

Sie schaltete das Handy ab, schlüpfte in die Stiefel, warf ihren alten weißen Pelzmantel über das Kleid und legte Greta an die Leine. Hinter ihr setzte der Walzer aus dem »Nußknacker« ein.

Im Hof zündeten ein paar Jungen Knallkörper. Greta zitterte vor Angst und wollte auf Vikas Arm.

»Jungs, wartet ein bißchen, mein Hund muß mal«, bat Vika.

»Okay, wir warten!« rief einer von ihnen.

Vika ließ Greta wieder in den Schnee hinunter. In ihren Ohren klang noch immer der Walzer. Plötzlich wollte sie tanzen wie zwanzig Jahre zuvor. Sie ließ das Hündchen von der Leine. Greta sprang umher und bellte fröhlich. Niemand achtete auf Vika. Langsam und vorsichtig drehte sie sich im Schnee.

Die Jungen balgten miteinander und sprangen mit Greta um die Wette.

Plötzlich hörte Vika, wie sie im Chor riefen: »Kalt! Kalt! Wärmer! Wieder kalt!«

Sie hatten einem Mädchen die Augen mit einem Schal verbunden. Das fuchtelte mit den Armen in der Luft herum und rief: »Gebt mir meine Mütze wieder! Die gehört doch meiner Mutter! Gebt sie her!«

Vika schloß die Augen und schwebte weiter durch den Schnee, in ihren Ohren die Stimmen: »Kalt! Kalt! Wärmer! Noch wärmer!«

Plötzlich durchströmte auch Vika ein starkes Wärmegefühl. Sie blieb stehen und öffnete die Augen. Aber sie konnte nichts sehen. Der Schnee hatte ihre Wimperntusche aufgelöst. Greta bellte ängstlich.

»Heiß! Noch heißer!« riefen die Jungen im Chor.

Vika mußte sich die Augen wischen, aber ihre Hände fanden in dem alten Pelzmantel kein Taschentuch. Unvermittelt tauchte eine verschwommene Silhouette vor ihr auf, die sie nicht erkennen konnte. Eine Hand mit einem Papiertaschentuch berührte ihr Gesicht.

»Warum tanzen Sie nicht weiter, Vika?« fragte Kirill und tupfte ihr vorsichtig die Augen ab.

»Danke«, sagte sie, als sie ihn endlich ganz nah vor sich sah.

»Erinnern Sie sich an 1978? Damals haben Sie auch zum Walzer aus dem ›Nußknacker‹ getanzt«, sagte er.

»Ich weiß«, erwiderte sie lächelnd. »Aber damals wie heute war gar keine Musik zu hören. Ich habe nur leise vor mich hin gesummt. Wie sind Sie darauf gekommen, daß es der ›Nußknacker‹ war?«

»Keine Ahnung. Aber warum sind Sie so erschrocken, als wir uns damals bei der Weihnachtsmesse in der Kirche getroffen haben?«

»Ich weiß nicht. Damals ging es mir schlecht. Ich hatte Angst vor jedem.«

»Vor zwanzig Jahren konnte ich gut Walzer tanzen. Wahrscheinlich habe ich es verlernt«, sagte er nachdenklich, nahm ihre Hand und führte sie an seine Lippen.

»Das macht nichts«, erklärte Vika fröhlich, »wir versuchen es.«

Die Jungen klatschten wieder in die Hände und riefen: »Heiß! Heiß!« Das Mädchen mit den verbundenen Augen hatte endlich seine Mütze gefunden.

Auf einem verschneiten Hof im Zentrum von Moskau drehte sich fünfzehn Minuten vor Neujahr ein seltsames Paar langsam und etwas ungeschickt im Walzertakt. Die Füße versanken im tiefen Weiß. Das Schneetreiben blendete die Augen. Der Frau lief Wimperntusche über die Wangen. Ihr Haar war klatschnaß. Unter dem alten kurzen Pelzmantel lugte ein feuchtes Abendkleid hervor. Der Mann hatte nur einen Pullover, alte Jeans und Hauspantoffeln an. Ein weißes Hündchen sprang zwischen ihnen herum und kläffte empört. Die Frau nahm es hoch, und sie drehten sich weiter, als sollte dieser Tanz nie zu Ende gehen …

»Atemberaubend gut.« FREUNDIN
Polina Daschkowa bei AtV

Keine beschreibt das moderne Rußland so packend wie sie: Polina Daschkowa, geb. 1960, studierte am Gorki-Literaturinstitut in Moskau und arbeitete als Dolmetscherin und Übersetzerin, bevor sie zur beliebtesten russischen Krimiautorin avancierte. Für die Polizei erstellt sie psychologische Tätergutachten. Polina Daschkowa lebt mit ihrem Mann und zwei Töchtern in Moskau.

Die leichten Schritte des Wahnsinns

Bravourös meistert die Journalistin Lena die Tücken ihres Alltags in Moskau – bis ihre Freundin Olga mit einer Hiobsbotschaft auftaucht. Ihr Bruder Mitja, ein bekannter Liedermacher, soll sich im Drogenrausch erhängt haben. Aber nicht nur Olga hat Zweifel an Mitjas Tod, der – anders als seine Frau – niemals Drogen nahm. Auch Lena stößt auf allerlei Ungereimtheiten.
»Das ist große Kriminalliteratur.«
LITERATUREN
Roman. Aus dem Russischen von Margret Fieseler. 454 Seiten. AtV 1884

Club Kalaschnikow

Katja Orlowa hat nicht den besten aller Ehemänner. Obschon sie eine attraktive Primaballerina ist, wird sie von ihm ständig betrogen. Als reicher Casinobesitzer verkehrt er in den höchsten, aber auch zwielichtigsten Kreisen Moskaus. Eines Abends wird er vor ihren Augen erschossen. Die Tatwaffe findet die Miliz bei der Geliebten des Toten. Doch Katja zweifelt an ihrer Schuld – erst recht, als ein zweiter Mord geschieht.
»Unglaublich dicht und spannend.«
BRIGITTE
Roman. Aus dem Russischen von Margret Fieseler. 445 Seiten. AtV 1980

Lenas Flucht

Lena fürchtet um ihr noch ungeborenes Baby. Es ist zwar kerngesund, aber es gibt Leute, die es ihr nehmen wollen. Instinktiv flieht sie aus der Klinik. Die Miliz glaubt ihr nicht. Doch offenbar geht es hier um weit mehr als eine medizinische Fehldiagnose. In all ihrer Bedrängnis begegnet Lena, bekannt aus »Die leichten Schritte des Wahnsinns«, dem Mann ihres Lebens.
»Es gibt wenige Bücher, die mir beim Lesen Gänsehaut verursachen. Polina Daschkowa hat es geschafft.«
GABRIELE KRONE-SCHMATZ
Roman. Aus dem Russischen von Helmut Ettinger. 233 Seiten. AtV 2050

Mehr Informationen über die Bücher von Polina Daschkowa erhalten Sie unter www.aufbau-verlag.de oder bei Ihrem Buchhändler.

AtV

Fred Vargas
Vom Sinn des Lebens, der Liebe und dem Aufräumen von Schränken
150 Seiten. Gebunden
ISBN 3-351-02602-1

Ein Essay – so frisch wie charmant

Ironisch, todernst und köstlich amüsant. Dieser Band geht in einer turbulenten Folge von Gedanken und Situationen der Frage nach: Was ist der Sinn des Lebens? Wie halte ich fest, was mir das Liebste ist? Da gibt es den hinreißenden Exkurs über die Möglichkeiten, eine Liebe zu befördern oder aber zu zerstören. Da geht es um Gott und die Dinosaurier, um die Ungereimtheiten der Schöpfung, es geht um das Warten – auf den Bus, einen Anruf, eine E-Mail vom »Mann meines Lebens«. Fred Vargas hat mit diesem Buch ein überraschendes Werk vorgelegt: frische Gedanken für hungrige Leser.

Von Fred Vargas (eine Auswahl):
Bei Einbruch der Nacht. Kriminalroman. AtV 1513-5
Fliehe weit und schnell. Roman. AtV 2115-1
Das Orakel von Port-Nicolas. Kriminalroman. AtV 1514-3
Der vierzehnte Stein. Roman. AV 02994-2
Die schöne Diva von Saint-Jacques. Kriminalhörspiel. DAV 180-7

aufbau
VERLAG

Weitere Informationen über Fred Vargas erhalten Sie unter www.aufbau-verlag.de oder in Ihrer Buchhandlung

Die glücklichen Stunden
20 Autoren und die
Magie des Erzählens
Herausgegeben von
Bernd F. Lunkewitz
300 Seiten. Gebunden
ISBN 3-351-03058-4

Von der bezaubernden Magie des Erzählens

Wer einsteigt in die fabelhafte Welt der Wörter, verläßt das Vertraute und wagt sich hinaus, für glückliche Stunden – und manchmal auch ein ganzes Leben lang.

Eine Sammlung von überraschenden, teils erstmals veröffentlichten Geschichten über die Magie des Erzählens von Nino Filastò, Stephen Fry, DBC Pierre, Hong Ying, Zvi Jagendorf, Fred Vargas, Tanja Dückers, Thomas Lehr, Selim Özdogan, Richard Wagner, Hansjörg Schertenleib, Lenka Reinerová, Barbara Frischmuth, Erwin Strittmatter, Brigitte Reimann, Steffen Mensching, Helga Schütz und Hermann Kant.

aufbau
VERLAG

Weitere Informationen erhalten Sie unter
www.aufbau-verlag.de oder in Ihrer Buchhandlung

Jan Potocki
Die Handschriften von Saragossa
Roman
Herausgegeben von Leszek Kukulski
Aus dem Französischen und mit
Anmerkungen von Werner Creutziger
921 Seiten. Gebunden
ISBN 3-351-03051-7

»Welch eine Leselust«

DIE ZEIT

»Die Handschriften von Saragossa« des weitgereisten Freigeists Jan Graf Potocki ist der wohl am raffiniertesten konstruierte Abenteuer-, Bildungs- und Schauerroman der Weltliteratur. Die von erotischen, phantastischen und komischen Zwischenfällen übervolle Reise des jungen Hauptmanns Alfons van Worden durch Spanien liefert den opulenten Rahmen. Davor entwickelt sich ein grandioses Erzählwerk voller Lust am Galanten, das in seiner intelligenten Immoralität so reizvoll ist wie ein aufgeklärtes »Decamerone« oder die »Erzählungen aus 1001 Nacht«.

»Einer der maßgeblichen Wegbereiter der modernen philologischen Phantastik, Vorläufer eines Borges und Nabokov, eines Lem oder Eco.«
NEUE ZÜRCHER ZEITUNG

aufbau
VERLAG

Weitere Informationen erhalten Sie unter
www.aufbau-verlag.de oder in Ihrer Buchhandlung

Karl Otto Conrady (Hg.)
In höchsten Tönen
Eine Gedicht-Revue
200 Seiten. Gebunden
ISBN 3-351-03041-X

Klein und fein: der »Conrady«

Der Herausgeber der erfolgreichsten Standardsammlung deutscher Lyrik hat diese Revue inszeniert: Sie reicht von den Anfängen deutscher Dichtung bis in die Gegenwart. Der Leser kann miterleben, wie Gedichte über mehrere Jahrhunderte hinweg aufeinander Bezug nehmen, sich ergänzen und widersprechen, Gedanken aufgreifen und weiterführen. Mit einer ausführlichen Einleitung des Herausgebers und rund 200 Gedichten von: Walther von der Vogelweide, Goethe, Heinrich Heine, Kurt Tucholsky, Durs Grünbein, Ingeborg Bachmann, Andreas Gryphius, Robert Gernhardt, Ernst Jandl u. v. a.

aufbau
VERLAG

Weitere Informationen erhalten Sie unter
www.aufbau-verlag.de oder in Ihrer Buchhandlung

»Man muß sich die Kunden des Aufbau-Verlages als glückliche Menschen vorstellen.«

SÜDDEUTSCHE ZEITUNG

Streifzüge mit Büchern und Autoren:
Das Kundenmagazin der Aufbau Verlagsgruppe erhalten Sie kostenlos in Ihrer Buchhandlung und als Download unter www.aufbau-verlag.de.

aufbau
VERLAGSGRUPPE